# 六朝詩歌中之佛教風貌研究

王延蕙◎著

# 目次



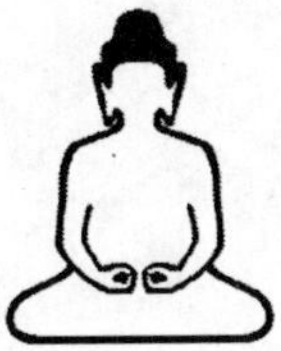

# 序

本書原屬學位論文，所探討的是六朝詩歌中的佛教風貌，於民國八十九年六月，在文化大學中文系洪順隆教授之細心指導下完成。

六朝在我國詩歌與佛教發展史上，可說是同居於重要地位的一個時期。本書作者就掌握了六朝佛教既對當代生活有著影響，而六朝詩歌又必然反映當代生活的這一大特點，將兩者結合起來，捨去一般傳統著重於六朝佛教對其詩歌影響之研究模式，而直接從六朝詩歌的文本入手，留意於佛教特殊之語言、意識與思想，以探究它們所反映在六朝詩歌中的佛教風貌。這樣轉個方向來研究，其研究成果，是頗為可觀的。

本論文除〈緒論〉與〈結論〉外，依序就〈六朝佛教思想之流布〉、〈六朝的佛教綜覽〉、〈六朝詩歌中的佛教思想風貌〉、〈六朝詩歌佛教滲透篇什的類型〉、〈六朝名家詩歌中的佛教樣相〉等，分五章加以探討，有源有委，也有求異的分析與求同的歸納。如此探討，的確已將六朝詩歌中的佛教風貌大致凸顯出來了。

本書作者王延蕙小姐曾在萬卷樓圖書公司叢書編輯部服務過一段時間，工作認真，服務熱忱，當時我正在萬卷樓幫忙審稿；而其指導教授洪順隆先生，又是我大學時的同窗好友；因此在本書出版前夕，略綴數語，除了表達慶賀的意思外，也藉以追念已辭世兩年的洪順隆先生。

陳滿銘序於臺灣師大國文系
民國九十二年四月二十一日

# 第一章　緒　論

## 第一節　研究動機與目的

佛教自東漢傳入中國，發展至六朝時期，在一片儒、道會通的玄風中乘勢而起，與儒、道互有論爭與交融，而漸與我國固有思想文化相融合，不但在日趨中國化的過程中為一般文人所接受，並且也逐漸深入人民的生活和心靈之中，使得佛教得與儒、道二教鼎足而三，而在中國人的意識中扎根，對我國的文化思想各方面皆產生重大的影響。故在我國佛教的發展史上，六朝實為極其重要的推展、奠基時期。

宗教是社會意識形態之一，同時也是一種社會文化現象，它伴隨著歷史的演進，不斷地滲入社會文化和現實生活中，對人們的社會生活及思想行為都有著重大的影響，成為社會生活（尤其是精神生活）中重要的成分之一。而文學正是透過文字來反映生活的。文學的目的在於傳達思想與表現情感，是將作者的心靈和意識以文字的方式呈現，尤其是詩歌，它更可說是詩人藉以反映情感思想與生活體驗的表達方式之一。所以《尚書．虞書．堯典》說：「詩言志，歌永言。」《史記．滑稽列傳》引孔子語：「書以道事，詩以達意。」詩歌是心靈的投射，它反映出時代的生活思想與社會文化。誠如洪師順隆在〈梁武帝蕭衍作品的宗教風貌〉序言中說：

> 宗教自發生以來，在其發展的過程上，逐漸滲入歷史文化和現實生活的一切領域，也包括文學領域，主宰著全人類的精神生活和意識，成了生活中的一部分。由於宗教進入了生活，文學又是用語言文字表現生活，成了作家意識的外化。自然地把宗教吸收進去了，宗教也就成了文學所表現的生活內容的一部分。（註一）

宗教既深入人類心靈、融入人民生活，根深柢固於人們的意識之中，成為日常生活中重要的成分，自然也成為詩歌所要反映的生活思想與社會文化的一部分了。故由詩歌的研究中，自可呈現宗教在詩人心靈、生活中的風貌。

而佛教既在六朝已深入人民的思想與生活，則六朝的詩歌必定反映了佛教影響當代生活的真實風貌。關於「六朝佛教與詩歌」此課題，以往學者多將重點置於佛教對詩歌的形式、內容等影響上，少有人直接就詩歌文本去全面探析六朝的佛教風貌。我在「六朝研究」課程中，受到洪師順隆對於宗教與文學影響關係等理論的教導，及其先後發表的數篇論文：〈梁武帝蕭衍作品的宗教風貌〉、〈初唐賦中的佛教思想風貌〉及〈梁武帝作品中的儒佛會通論〉等研究的指引，遂對研究六朝詩歌中之佛教風貌產生極大興趣，希望能將六朝有關佛教之語言、意識、思想等各方面的詩歌作出整理與分析，以期對六朝的佛教與詩歌都能有更進一步的瞭解。

## 第二節　研究範疇及內容

### 一、六朝之範疇

「六朝」一詞，涵蓋數個朝代，而後世學者基於歷史形勢、地理限制、文學發展等不同觀點和立場，對「六朝」一詞的概念也就產生了種種分歧。故在此先就六朝範疇的不同義界加以釐清，並說明本論文所援用之例及其原因。

「六朝」一詞，最早見於唐．許嵩《建康實錄》，其序云：

今質正傳，旁採遺文，始自吳，起漢興平元年（西元一九四年），終於陳末禎明三年（西元五八九年）……總四百年間，著東夏之事，勒成二十卷，名曰建康實錄，具六朝君臣行事。（註二）

這是以史地觀念來界定「六朝」一詞，指的是先後建都於建康的六個朝代：吳、東晉、宋、齊、梁、陳。而且是以空間——建康為主的界定，其範圍包括東夏地帶，而實際涵蓋的時間則是從漢興平元年（西元一九四年）至陳後主禎明三年（西元五八九年）的四百年間，不能增減延縮。但這樣的概念若沿用於文學史上，則會因空間上的限制，而無法顧及整個文學的實際發展狀況。如三國時期文學，實以魏國文學集團為主，而魏非建都於建康。再如西晉之「三張、二陸、兩潘、一左」是吾人論晉代文學時，絕不能遺而不論的，而西晉亦非建都於建康。故文學史上的六朝，不能以史地觀念來界定，而必須考量當時文學發展的實際狀況來界定之。

洪師順隆考前人有關「六朝」之各類文論著作、史傳記載以及詩文選編，研究歸納「六朝」所指稱之範疇，寫成〈「六朝」詞義考〉一文，指出自唐以降，古人所用「六朝」之概念，約有下列五說（註三）：

（一）指吳、東晉、宋、齊、梁、陳，以建都建康為界定標準（註四）。

（二）指三國、魏、晉、宋、齊、梁、陳、隋，夾於「秦漢」與「唐」之間（註五）。

（三）指宋、齊、梁、陳、北朝、隋。時間縮短，但擴大空間涵蓋南北領域（註六）。

（四）指晉、宋、齊、梁、陳、北朝、隋（註七）。

（五）指同一朝代的六個君主之朝，此就一般名詞的概念而言（註八）。

以上五說，洪師認為：第一說為史地名詞，第五說則為一般概念，皆不適用於文學。第二、三說雖可應用於文學史上，然前者將富有特色而自成階段的三國文學併入，形成研究上的諸多不便；後者則忽略了與南朝有不可分割關係的晉代文學，造成了研究上的割裂與不完整。而第四說，歷代使用者最多，亦保留了文學發展上的完整性，最適用於文學史分段的研究。洪師對於六朝文學，尤其是六朝詩歌，有完整且系統性的研究，其對「六朝」範疇的界定即採上述之第四說，而本論文之「六朝」範疇亦援用之。

## 二、宗教與文學——以佛教為中心

宗教是社會意識形態之一，同時也是人類歷史上一種古老而又普遍的社會文化現象，對社會和人生等各方面都發揮著既客觀又現實的重大影響。宗教在歷史的演進中，不斷地以各種形態滲入社會文化和現實生活中，主宰著人們的思維和意識，更深入眾多信徒的心靈，成為指導他們生活與行為的準則（註九）。而文學正是透過文字來反映生活的，特別是詩歌，它運用文字與音韻的美來表現作者對社會生活和大自然的領會、情感、經驗和意志。當宗教不斷浸染著人民的歷史文化和現實生活，宗教生活自然也就成為人們社會生活（尤其是精神生活）中不可或缺的組成成分。在這種情況下，宗教生活和其他領域的生活一起構成了文學的內容，文學中自然也就呈現了宗教的各種風貌了（註一〇）。

佛教傳入中國時，中國已有發達的傳統思想文化，所以中國人對佛教的態度並非消極的接受，而是在兩種文化的交流中積極的吸收和改造，使得佛教逐漸融入中國固有的思想文化中，成為我國傳統意識的一部分。佛教的傳入，對於中國無論在生活、文化或思想上，都產生了一定的影響和改變，而它對中國文學也同樣有著重大而廣泛的影響。

首先，古代印度的語言學原理隨佛教的傳入而為漢人所漸知，它直接促進古代漢語聲韻的研究和四聲的發現，更因而間接影響到中國詩歌對聲律的運用，促進近體詩的形成。（註一一）其次，佛經的翻譯，使得許多原就富於文學色彩的佛典，提供六朝志怪小說良好的材料，並對後世小說有著重大的影響（註一二）。甚至齊梁時期浮艷藻繪的文風和宮體詩的產生，也是在某些部分上受到了佛經傳譯的影響（註一三）。第三，佛經的取材、表現手法、語言，都影響著中國的文學。由於佛典的翻譯，為漢語輸入了大量的新詞匯、新語法，也促進語法結構的變化，使漢語更加豐富靈活（註一四）。第四，佛教在思想和觀念上，更是深深影響著中國的文學與文學家。孫昌武在《中國文學中的維摩與觀音》一書中說：

> 總觀中國文學發展的歷史，自東晉時期佛教在文壇盛傳，幾乎沒有哪位重要作家是沒有受到佛教的影響的（反佛也是一種影響的表現，而且一些反佛的人也受到佛說的薰習）。民間文學所受佛教的影響就表現得更為直接和明顯。（註一五）

因此，佛教所形成的影響，就一一表現在文學家或民間作者的文學創作（包括詩歌、散文、小說、戲曲和民間文學等），以及文學批評理論之中，而這一點也是佛教對中國文學影響範圍最大也最深遠的地方。

## 三、本文研究內容概說

本文之研究目的，乃是由六朝詩歌文本著手，探尋其中之佛教蹤跡，分析詩人透過詩歌作品所展現出來的佛教的多樣風貌。基於此目的，故首先須瞭解六朝時期佛教的發展、與時代環境的互動關係，及其對人民生活與思想所產生的影響，如此，才能據以對詩歌作考察，探知六朝詩歌中所反映出的佛教影響當代生活的真實風貌。本文之主要內容，擬作如下之安排：

第一章為緒論：說明研究之目的與動機，界定「六朝」之範疇，並論述宗教與文學之間的關係，尤其以佛教對中國文學之影響為其重心。

第二章則論析六朝佛教思想的流布：略敘佛教自輸入中國至六朝前的傳播情形；再

論佛教思想於六朝時期的發展，歷經醞釀期、發展期而至自立期，逐漸為我國人民所接受的概況；最後則分析佛教在六朝時期與儒、道二教之間的相斥與交融。

第三章為佛教思想的外緣研究，從時代背景加以考察，主要透過史籍及文學資料，分析六朝佛教與當時政治、社會、經濟與生活文化等方面的關係，證明佛教在當時已滲入中國社會生活之中，成為中國文化的重要成分。

第四章則就思想層次，分析六朝含有佛教語言及思想的詩作。首先針對佛教思想與儒、道二教思想融合的作品加以分析，探析三教思想在詩歌中的交融風貌。其次則專論表現佛教思想的篇什，依其內容主題分類探討之。最後則論析六朝詩歌中所反映出的佛教思想。

第五章乃是從詩歌分類學角度，考察六朝詩歌受佛教語言、思想滲透的篇什。首先略述六朝詩歌分類概況；接著，再分別以傳統詩歌分類法，及洪師順隆有系統的六朝題材詩類型加以歸納，以期探知六朝詩歌各類型中，受到佛教語言及思想滲透的情況。

第六章則由六朝名家詩歌著手，選擇具代表性的詩人，探尋其作品中的佛教蹤影，藉以瞭解佛教在當時文人生活及思想中的滲透和影響，而又在詩歌中呈現出何等獨特的風貌。

第七章結論，為本文的研究成果作一簡單的回顧。

然而，佛教對詩歌之影響並不僅限於佛教詩歌，在一些非宗教的詩歌中，亦可見佛教語言、思想之蹤跡。故凡詩中含佛教語言、思想之作品，皆屬本文所探析之詩歌範圍。又本文各章節所採證之詩歌，均以逯欽立輯校之《先秦漢魏晉南北朝詩》為底本（北京・中華書局，一九九五年一月一版三刷）。該書取材廣博、收羅宏富、考訂精審，為目前所見收輯六朝詩歌最為完整的文獻。為行文方便，故本文引詩時皆簡稱《逯書》，並註明其朝代、卷次及頁碼，以便檢尋。

## 注釋

註一　見洪師順隆：〈梁武帝蕭衍作品的宗教風貌〉（臺北・《國立編譯館館刊》，民國八十六年十二月，第二十六卷第二期），頁六一～六二。

註二　見唐・許嵩：《建康實錄・序》（四庫全書三七〇冊），頁二三七。

註三　見洪師順隆：〈漢魏六朝文學叢考〉一、「六朝」詞義考（收錄於《瑞安林景伊教授八十冥誕紀念論文集》台北．文史哲出版社，民國八十二年十二月），頁三一三～三二二。

註 四　主此說者有唐．許嵩《建康實錄》宋．張敦頤《六朝事跡編類．序》宋．李燾《六朝通鑑博議．總六朝形勢論》宋．王應麟《小學紺珠．歷代類》等。

註 五　主此說者有唐．般剌密帝譯《楞嚴經．序》明．薛應旂《六朝詩集．序》、章太炎《太炎文錄》卷一〈五朝學〉、今人廖蔚卿《六朝文論》等。

註 六　清．孫德謙《六朝麗指》主此說。

註 七　主此說者有宋．胡仔《苕溪漁隱叢話》、明．張溥編《漢魏六朝一百三家集》、明．梅鼎祚《六朝詩乘．序》、明．張謙《六朝詩彙》、清．許槤《六朝文絜》、清．嚴可均輯校《全上古三代秦漢三國六朝文》等。洪師順隆亦採此說。

註 八　如宋．王珪《六朝國朝會要》，其「六朝」係指自宋太祖趙匡胤建隆元年，歷太宗、真宗、仁宗、英宗，至神宗於熙寧元年即帝位，前後共六位君主之朝，而稱之為「六朝」。

註 九　參考呂大吉：《宗教學通論》（臺北．博遠出版有限公司，民國八十二年四月初版），頁一～四。

註一〇　同註九，頁八八五～八八七。

註一一　參考蔣述卓：《佛經傳譯與中古文學思潮》（江西人民出版社，一九九三年九月一版二刷），頁七九～八五。

註一二　同上註，頁二三～五三。

註一三　同註一一，頁九六～一〇七。

註一四　參考蘇淵雷：〈論佛學在中國的演變及其對社會文化各方面的深刻影響（中）〉上海．《華東師範大學學報》哲學社會科學版，一九八三年第五期），頁六〇～六。

註一五　孫昌武：《中國文學中的維摩與觀音》（北京．高等教育出版社，一九九六年一版一刷），頁三。

# 第二章 六朝佛教思想的流布

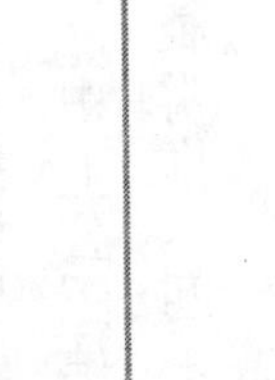

## 第一節 六朝之前佛教的輸入與傳播

關於佛教傳入中國的確切時間，自古以來一直眾說紛紜，難有定論。探究其原因，湯用彤先生在《漢魏兩晉南北朝佛教史》中說：

> 蓋佛教自魏晉以後，在中國文化思想上，雖有重大影響，方其初來，中夏人士僅視為異族之信仰，細微已甚，殊未能料印度佛教思想所起之作用，為之詳記也。……其後乃轉相滋益，揣測附會，種種傳說，與時俱增。考其原因蓋有三端。一者，後世佛法興隆，釋氏信徒以及博物好奇之士，自不免取書卷中之

異聞影射附益。二者，佛法傳播，至為廣泛，影響所及，自不能限於天竺，而遺棄華夏。因之信佛者乃不得不援引上古逸史，周秦寓言，俾證三五以來，已知有佛。三者，化胡說出，佛道爭先。信佛者乃大造偽書，自張其軍。……（註一）

佛教因初傳中國時，並未受到重視，至其後日漸興盛，佛教徒或為證佛自古即存，或為強調其正統權威，或為與道教爭先，故各種推測附會隨時代演進而漸生，綜合統計諸傳說，竟達十種之多（註二）。這些傳說，有的是佛教徒所敘述的故事，如：伯益已知有佛說、周朝時佛教已傳入、孔子已知有佛等，多屬荒誕不實，穿鑿附會，甚或憑空編造之說；有的是出自史官的記載，如：《魏書．釋老志》謂漢武帝祭祀匈奴休屠王的「金人」即佛像，肯定的說這是「佛道流通之漸也」。這些說法雖具有一定的歷史根據，但多少亦摻雜了虛構或浮誇的成分，而沒有確實證據得以支持其說成立。

佛教傳入中國的確實年代雖已難以考證，但歷史上最多文獻記載，且最為人所深信的，則是東漢明帝永平年間的感夢求法說，並且成為我國歷史上公認佛教「正式傳入」的開始。記載有關明帝感夢求法的文獻很多，最早的記載當推〈四十二章經序〉（註三）：

> 昔漢孝明皇帝，夜夢見神人，身體有金色，項有日光，飛在殿前。意中欣然，甚之。明日問群臣，此為何神也？有通人傅毅曰：「臣聞天竺有得道者，號曰佛，輕舉能飛，殆將其神也。」於是上悟，即遣使者張騫、羽林中郎將秦景、博士弟子王遵等十二人，至大月支國，寫取佛經四十二章，在十四石函中，登起立塔寺。於是道法流布，處處修立佛寺，遠人伏化，願為臣妾者不可勝數。國內清寧，含識之類蒙恩受賴，於今不絕也。

而其後的其他記載，多半出於此說而增添若干修飾及情節發展，但其基本情節則是相同的：明帝曾派遣使者往西域求取佛經，並自大月氏抄回《四十二章經》（即上文中所言「佛經四十二章」），此後外來僧人漸多，佛寺亦陸續興建，使得佛教在中國社會上得到認同和信仰。這些基本情節，大都是可信的。首先，漢朝自漢武帝在建元三年（西元前一三八年）派張騫出使大月氏以來，與西域之間的交通，尤其是民間經濟文化的交流，一直是未曾間斷的。而西域諸國，如安息、大夏、大月氏等國，因地近印度而較早接觸佛教，明帝之時，佛教在大月氏已十分盛行，故明帝遣使西去求法，並自大月氏抄回《四十二章經》（註四），這在理論上是可信的。其次要說明的是，明帝永平求法，僅是印度佛教更進一步向中國的一次傳播，並不能視作佛教傳入中國的開始。據《三國志．魏志．東夷傳》注所引《魏略．西戎傳》載：「昔漢哀帝元壽元年（西元前二年），博士弟子景盧受大月氏王使伊存口受《浮屠經》。」（註五）證明佛教在西漢末年應已傳入中國。另一佛教在明帝求法前已傳入中國的有力證據，則是明帝異母弟楚王劉英的奉佛。《後漢書．楚王英傳》載：

> 英少時好游俠，交通賓客，晚節更喜黃老，學為浮屠齋戒祭祀。八年（指漢明帝永平八年，西元六五年），詔令天下死罪者入縑贖。英遣郎中令奉黃縑、白紈三十四詣國相（代表朝廷主持封國政務）曰：「託在蕃輔，過惡累積，歡喜大恩，奉送縑帛，以贖愆罪。」國相以聞，詔報曰：「楚王誦黃老之微言，尚浮屠之仁祠，潔齋三月，與神為誓。何嫌何疑，當有悔吝？其還贖，以助伊蒲塞（即優婆塞，男居士）、桑門（沙門）之盛饌。」因以班示諸國中傳。英後遂大交通方士，作金龜玉鶴，刻文字以為符瑞。

由《後漢書》中的這段記載，可以推知下列幾點：

第一、明帝對於楚王英的奉佛並不感訝異，甚至加以褒獎，可見劉英的奉佛對當時而言並非罕見特例。且明帝在詔書中稱「浮屠之仁祠」，說明他不但對佛教有所瞭解，且抱持肯定的態度。這再度證明了明帝遣人西去求法的可信度，亦證明了佛教傳入中國的時間應再往前推至西漢末年左右。

第二、文中言楚王英晚年「更喜黃老，學為浮屠，齋戒祭祀」，明帝詔書中也說他「誦黃老之微言，尚浮屠之仁祠」，可知楚王英是將浮屠當作黃老來祭祀的，是把佛陀當作神仙來看待，以祈求長壽祥福。佛教這一外來宗教，僅被視為中國當時流行的各種神仙方術中的一種。

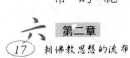

第三、根據明帝詔書所言，楚王英廣交的方士中，有信奉佛教的沙門和居士，且奉行「潔齋三月，與神為誓」的佛教儀式（註六）。由楚王英也一起奉行齋戒看來，這些沙門和居士應不全都是西域人，而已開始有漢人信眾。

上述三點中，以第二點最值得注意。東漢與楚王英同等看待浮屠與黃老而加以祭祀的，還有其後的桓帝（西元一三二－一六七年）。將浮屠與黃老同等崇拜而加以禮祀的這種行為，代表著東漢當時對佛教的觀點。據《後漢書．襄楷傳》所載，襄楷曾於桓帝延熹九年（西元一六六年）上疏云：

又聞宮中立黃老浮屠之祠。此道清虛，貴尚無為，好生惡殺，省欲去奢。今陛下嗜欲不去，殺罰過理，既乖其道，豈獲其祚哉。

襄楷在疏中以「黃老」形容「浮屠」，以「此道」、「其道」稱之，又將「清虛」「無為」和「好生惡殺」同用於說明「浮屠」而並提，可見他是把浮屠和黃老視為「同一道」的。黃老思想雖在西漢初曾被施行於政治上，但在漢武帝「罷黜百家，獨尊儒術」後，即逐漸與神仙家思想、陰陽五行學說及各種方術結合，形成一種宗教迷信，終在東漢末年成立了道教。而佛教在初傳中國時，幾乎可說是依附在當時社會上盛行的黃老道術之下，才得以傳播，並得到上層社會少數人的信奉。在這些信奉者的認知中，認為佛教的理論和中國的黃老之學、神仙方術是相通的，他們把佛教的齋懺儀式看作是中國傳統的祠祀活動，目的是在求得個人的長壽祥福或國家的安定富足，佛陀則是他們祈福祭拜的對象，與一般的神祇無異。且佛教在當時流傳的區域，也僅限於幾個與西域交流較頻繁的大城市，如洛陽、彭城（今江蘇銅山縣）等。

佛教在兩漢雖已傳入中國，但在當時並沒有被當作一門專門的宗教看待，而只被視為黃老道術的一種。佛教在漢朝時期的發展，可說是極為緩慢的。

## 第二節 佛教思想的發展

佛教傳入中國之初，多半是依附於黃老道術而無法獨立成為專門的宗教，漢人拜佛信教的目的在於祈福禳災，對於佛教的教義則不甚瞭解與重視。佛教在中國的傳播，一直到東晉末才真正得到廣泛的信仰與認同。這段佛教逐漸被中國人接納的過程，是經過長時間的醞釀、發展，才使得佛教這一外來宗教不再依附於道術而得以自立。現將之分期論述於下。（註七）

### 一、醞釀期——三國時期

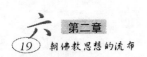

佛教逐漸被中國人接納的過程中，兩晉自是最為重要的一個時期，但佛教之所以能在晉朝開始弘傳，則是經過三國時期的醞釀，提供其有利的條件，才得以發展與自立。

早期佛教在中國的傳播，是靠西域來華的胡僧所翻譯的佛經，但因為這些胡僧或是不通漢語，或是來華後才學習漢語，使得當時佛經的翻譯有著語言文字的不同，與思想觀念的差異這兩大偏頗，這自然也就影響到漢人對佛教的接受情況。至三國時期，重要的幾位譯經者，如支謙、康僧會等人，雖仍多為外國僧人，但他們出生於中國，不但兼通漢文和梵文，對中國傳統文化也有一定的瞭解。

支謙先祖原為月支人，其祖父於後漢靈帝（西元一六八～一八九年）時，率國人數百東來歸化，支謙即生於中國。支謙是佛教居士，受業於東漢末年月支來華名僧支讖的弟子支亮，他在漢獻帝末年時因避亂而至吳地，後遂專務於佛經的翻譯，是三國時期的譯經大師。康僧會先祖為康居人，世居於天竺，其父因經商而移居交阯（今廣東、廣西及越南北、中部一帶）。《高僧傳．康僧會傳》說他：

……年十餘歲，二親並終，至孝事畢，出家，勵行甚峻。為人弘雅有識量，篤志好學，明解三藏，博覽六經，天文圖緯，多所綜涉，辨於樞機，頗屬文翰。

可見他雖為外國僧人，但在中土生長，深受中國文化的薰陶和影響。康僧會在吳孫權赤烏十年（西元二四七年）來到建業，他所譯的佛經雖不多，但卻受到當時吳國君主的崇信，對於三國時期江南佛教（註八）的傳播及推廣最有貢獻。支謙和康僧會皆為生於中土的西域人，深受中國文化的影響，所以他們不但在譯經中運用老子的文詞概念，在他們的佛教思想裡，也或多或少摻雜了儒家的成分。

三國時期因戰亂及政治、民生的紊亂，一方面人民在生活困苦中急於尋求心靈的依靠，宗教信仰遂成為人們精神的寄託，而佛教也就在這樣的需求下進一步流傳；另一方面因為中國傳統的儒家體制在現實環境中逐漸崩壞，崇尚清虛無為的玄學開始盛行，佛教遂又倚傍於玄學而流布。這種種歷史與社會現實的環境，也為兩晉佛教的傳播和發展，醞釀了有利的條件。

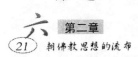

## 二、發展期——西晉時期

西晉時代，天下雖然歸於一統，但為時不久，即發生歷時十六年之久的「八王之亂」，之後又有長達六年的「永嘉之亂」，長期的爭戰動亂，使得人民更加陷於痛苦災難之中，這又再度為宗教的活動提供良好的環境，八王之亂可說是為佛教開闢了獨立發展的機會。

在時代思潮方面，西晉承續魏正始中（西元二四〇～二四九年）興起的玄學風潮，老莊思想成為當時思想主流，至郭象以向秀的《莊子注》為基礎，發展出「玄冥」「獨化」的玄學論理，對西晉的思想文化有著極大的影響力，也受到當時門閥士族的歡迎，使得玄學的發展達到鼎盛。而佛教在一片玄風中亦乘勢而起，一方面迎合魏晉玄學的一些基本理論，進而得到士族們的支持，也跟著迅速的傳播和發展；另一方面則繼續佛經的翻譯及佛教義理的研究和宣傳。

在西晉時期多位譯經者中，最為著名的是竺法護和竺叔蘭。竺法護於當時的譯經最多，進一步推動了佛教在社會中的普及，他所譯的佛經中，對後世影響較大的是《光贊般若經》和《正法華經》。另一位竺叔蘭則是深受魏晉玄風影響的僧人。他祖籍天竺，生於河南，精通胡漢兩語，且兼學中國經史，在當時崇尚玄學清談的社會風氣影響下，他的佛經翻譯和理解都帶有玄學的色彩，所以任繼愈說他是「一位玄學化了的僧人」（註九）。他最為重要的譯經是與無羅叉共譯的《放光般若經》（註一〇）。在上述兩人及其他幾位般若學者對《般若經》的翻譯、抄寫和宣講下，使得東漢末年即已傳入的般若學更為流行，並成為六朝佛教的主流，也使我國的佛教趨於以般若學說為思想基礎的大乘佛教。自西晉以後大為盛行的大乘佛教，較重視佛教義理的研究和宣傳，使得此時的佛教是「由著重齋祀而趨向義解的轉化時期，也就是義學萌芽時期」（註一一）。

西晉時期的佛教，因社會環境的需求、大量譯經的湧現及迎合於時代思潮，而在社會各階層中得到進一步的傳播和認同。總結西晉時期的佛教發展，任繼愈在《中國佛教史》中說：

> 西晉統治時期一共不到五十年，這一時期，政治黑暗，戰亂頻繁，上層人士朝不保夕，下層群眾更是掙扎在死亡線上，看不到出路，社會統一安定的時間極短。佛教能給人以心靈安慰，許以來世幻想。在寺院修建、翻譯佛經、普及宗教宣傳等方面，比三國時期有了進一步發展。佛教般若學說依附於魏晉玄學，故能在上層士大夫知識階層受到重視，而得以流行。兩晉之際，一些著名佛教學者和僧人隨著晉王室南渡，開拓了東晉佛教的新局面。（註一二）

經過西晉時期佛教的發展與普及，終於使得佛教在東晉時期逐漸擺脫其自傳入以來的依附角色，而能自立門戶，逐漸取得與儒、道相抗衡的地位。

## 三、自立期——東晉時期

西晉滅亡後，天下形成南北分裂的局面。北方是由匈奴、羯、鮮卑、氐、羌等少數民族所相繼建立的政權，史稱「五胡十六國」。南方則是由渡江的晉室貴族所成立的東晉政權。而佛教在此時也形成南北兩個區域。北方十六國的統治者，對於佛教多半採取提倡的態度，如後趙的建國者石勒及其繼位者石虎，對於西域名僧佛圖澄就十分的禮敬信服，不但讓他參與議政，還廣建佛寺，甚至在建武四年（西元三三八年）下詔准許漢人出家為僧，這對於佛教在北方的弘傳有極大的影響。到了前後秦時期，北方佛教出現極重要的代表人物——道安和鳩摩羅什，他們在中國佛教史上都佔有重要地位。

道安是著名的中國佛教學者和僧團領袖，他不但是般若學派「六家七宗」（註一三）中影響最大的一派「本無宗」的創建者，更以他在當時佛教界的領袖地位主持佛經翻譯的工作，並編著了第一部系統的佛教經錄《綜理眾經目錄》一卷。道安又極重視傳教的工作，他主要活動的地區是華北，但也曾為避戰禍而率領徒眾南徙至襄陽，後又入長安，遂老死於長安。這段期間，道安及其弟子如慧遠、曇翼、曇徽、法遇、僧叡等人廣泛的弘傳佛教，再次促進佛教在社會上的普及。

鳩摩羅什是我國佛教最偉大的譯經大師之一。後秦弘始三年（西元四〇一年），大力提倡佛教的後秦王姚興派人迎鳩摩羅什入長安，並「待以國師之禮，甚見優寵」（《高僧傳・鳩摩羅什傳》），他就在姚興的支持下，開始規模宏大的譯經事業。據《晉書・姚興載記》的記載：

> 興如逍遙園，引諸沙門於澄玄堂聽鳩摩羅什演說佛經。羅什通辯夏言，尋覽舊經，多有乖謬，不與胡本相應。興與羅什及沙門僧略、僧遷、道樹、僧叡、道坦、僧肇、曇順等八百餘人（註一四），更出大品，羅什持胡本，興執舊經，以相考校，其新文異舊者皆會於理義。續出諸經並諸論三百餘卷。今之新經皆羅什所譯。興既託意於佛道，公卿已下莫不欽附，沙門自遠而至者五千餘人。起浮圖於永貴里，立波若臺於中宮，沙門坐禪者恒有千數。州郡化之，事佛者十室而九矣。

據上所言，可見後秦時期佛教在北地已十分盛行，亦可知鳩摩羅什譯經工程的龐大與貢獻。而參與鳩摩羅什譯經工作的眾多弟子，後來分布於大江南北宣揚佛教，對於南北朝中國佛教學派的形成有直接的影響。其弟子中尤以僧肇聲望最高，對後世的影響也最大。一般認為他把佛教與中國傳統文化相結合，成為中國化的佛教哲學的奠基人。洪修平在〈也談兩晉時代的玄佛合流問題〉一文說：

> 僧肇不僅「學善方等，兼通三藏」，而且「歷觀經史，備盡墳籍」（《高僧傳・僧肇傳》）。他站在佛教的立場上對中外思想加以融會貫通，在不違背佛教基本教義的前提下，注意從傳統的思想中吸取養料，借助於傳統的思想資料，特別是在解決玄學所討論的哲學問題中，運用中國化的語言和方式來闡述並發揮佛教哲學思想，圍繞著般若空觀，創立了第一個比較完整的中國化的佛教哲學體系。（註一五）

隨後又指出：

從哲學思想的發展來看，僧肇可以說是在佛教的基礎上，對玄佛合流作出了批判總結，他的哲學既把魏晉佛學與玄學的合流推向了頂峰，也標誌著玄佛合流的終結，並在客觀上結束玄學的發展。在此以後，……中國化的佛教哲學則開始了自成體系的相對獨立的發展。（註一六）

他認為僧肇使中國佛學擺脫依附於玄學的局面，並走向獨立發展的道路。

而在當時南方東晉的佛教，以廬山和建康兩地最盛，尤其是慧遠所主持的廬山東林寺，更是東晉後期南方佛教的中心。慧遠是道安的弟子，於道安分散徒眾時東下至廬山。關於其生平，歷史上並無詳細記載，但根據《高僧傳．慧遠傳》載：

……年十三，隨舅令狐氏遊學許洛。故少為諸生，博綜六經，尤善莊老。

可知他曾受儒家經典的薰陶，且精通於當時流行的《莊子》、《老子》。慧遠在這樣的思想背景下學佛為僧，故能全面的將佛教與中國傳統文化相結合，加上他與士族的交遊頻繁而密切，更使佛教在南方廣受士族的歡迎與認同。湯用彤先生說：

廬山在東晉初葉，即為棲逸之地。………其後遠公菈止，北方佛法因之流布江左，釋教賴其維繫。（註一七）

認為東晉時南方佛教的廣傳，是有賴於慧遠的維繫。而任繼愈談到慧遠在中國佛教史上的地位及貢獻時亦說：

> 中國的傳統文化，特別是魏晉玄學的本體論，是慧遠的佛教宗教哲學的思想基礎，………慧遠的儒教傳統使他能夠利用、改造佛家多派學說，而為在中國發展獨立佛教學派決定性作用。這同他在形式上批判儒家的傳統觀念，為佛教爭取在全部上層建築享有獨立的發展地位，相輔相成，從而使他成了中國佛教史上的里程碑式人物。（註一八）

認為慧遠是將中國佛教推向獨立發展道路之人。佛教這一外來宗教，自東晉之後，已逐漸被中國文化所接納，而佛教也在發展過程中不斷的吸收中國傳統的文化而逐漸中國化。佛教中國化的歷程是十分漫長而必然的趨勢，這趨勢是以當時客觀的社會條件為前提，經過多位佛教學者長久的努力累積形成，不能簡單地斷定為某個個人活動的結果。所以我們姑且不論使中國佛教擺脫依附的角色，並將之推向獨立發展之途的人是僧肇或慧遠，但可以肯定的是，佛教在東晉（西元三一七～四二〇年）末年，確實已開始取得自成體系的獨立發展，且普遍被社會各階層所接受與認同。

中國佛教自兩漢傳入中國，經過三國時期醞釀發展的有利條件，至西晉開始普及於社會各階層，終於在道安、鳩摩羅什、僧肇、慧遠等諸僧的譯經與弘傳之下，在東晉末得到南北兩地的接納，不再依附於道術玄學，而成為獨立發展的宗教，逐漸形成與儒、道二教鼎足而三、相互抗衡的態勢。

## 第三節　佛教與儒、道的相斥和交融

佛教自傳入中國後，就不斷的與中國傳統文化交涉，經過初期的迎合依附階段，佛教自東晉後逐漸發展出獨立的道路，其勢力漸足以與儒、道相抗衡，使得三者之間的衝突亦隨之而起。然而就在三教相互排斥的過程中，對儒、釋、道本身的思想內涵也產生不少衝擊，使三教彼此在不同程度上相互融攝、交流，進而漸漸走向三教融合的巨流。

## 一、佛教與儒、道的相爭

佛教與儒、道之間的相爭起於東晉，至南北朝而愈見激烈，期間曾發生多次的論辯，如「夷夏之辯」、「形神之爭」等，都曾在當時引起廣泛的回響。綜觀佛教與儒、道在當時的衝突和論爭，方立天在〈佛教和中國傳統文化的衝突與融合〉一文中，將之分為三個領域：一是倫理道德方面，主要有「沙門應否敬王者」之爭與「夷夏之辯」；二是哲學思想方面，主要是關於「形神」問題的爭論；三為流派關係，主要是儒、道、佛三教的高下優劣之爭（註一九）。現分別探討於下（註二〇）。

### （一）「沙門應否敬王者」之爭

這是有關佛教和儒家名教之間的禮制問題。最早發生在東晉成帝時，咸康六年（西元三四〇年），庾冰代成帝詔令「沙門應盡敬王者」，認為中國傳統的名教禮制不可破壞，而僧人「易禮典，棄名教」（註二一），勢必混亂綱紀，傷害朝政，而要求沙門跪拜王者。但在尚書何充等人的反對下，並沒有實行。一直到了東晉末年，桓玄又再度重申沙門應盡敬王者的論調，並就這個問題，和王謐、慧遠等人展開一場論難。後來慧遠作〈沙門不敬王者論〉（註二二），雖堅持沙門不禮敬王者，但也作出調和的解釋。他認為佛教徒應分在家奉教和出家修道兩種，在家奉教的佛教徒，確實應遵守中國禮制，必須禮敬君王和父母；而出家修道的僧眾則是遊於方外世界而超越世俗的，他們以濟渡眾生為大願，所以世俗的禮教和他們的修道屬不同範圍，他說：「內乖天屬之重而不違其孝；外闕奉主之恭而不失其敬。」（註二三）沙門不禮拜王者，並不表示他們不尊敬君王。

## (二) 夷夏之辯

夷夏之辯主要是從民族性和風俗制度等問題，對外來之佛教的指斥。早在兩晉之前，「夷夏」問題已被提出，但直到南朝宋末道士顧歡作〈夷夏論〉，認為華夷風俗各異，道教適於華夏，而佛教則適用夷域，這才引發了「夷夏之辯」的激烈論爭。顧歡在〈夷夏論〉中說：「今以中夏之性，效西戎之法」「下棄妻孥，上廢宗祀」，失掉中華原有的文化傳統，又說「佛是破惡之方，道是興善之術」（註二四），認為道優而佛劣。顧歡的言論，自然遭到佛教徒的反對，因而出現許多駁斥的文章，如朱昭之作〈難顧道士夷夏論〉，認為聖道「無近無遠」，「不偏不黨」、不分夷夏（《弘明集．卷七》）。明僧紹〈正二教論〉則說：「佛明其宗，老全其身，守生者蔽，明宗者通。」（《弘明集．卷六》）認為佛教究明終極之道，而道教則以「全身」為教旨，故佛優於道，不能藉夷夏之辨來排斥佛教。其後，南齊有道士假張融之名作〈三破論〉，攻擊佛教「入國而破國」、「入家而破家」、「入身而破身」（註二五）。劉勰遂作〈滅惑論〉反駁之，認為沙門「學道拔親」是棄小孝而盡大孝（《弘明集．卷八》）。釋僧順〈釋三破論〉也說佛教有助於社會教化，且「釋氏之訓，父慈子孝，兄愛弟敬，夫和妻柔，備有六睦之美」（《弘明集．卷八》），認為真正破國、破家、破身的是道教。此後，仍不時出現有關「夷夏之辯」的論爭，夷夏論者多半力圖保持傳統文化的優勢，而表現保守排外的態度；反夷夏論者則主張吸收外來文化，但卻呈現護佛抑道的心理。兩方的持論都不能算是公正恰當。

## (三) 形神之爭

形神之爭是六朝時期思想爭論的焦點之一，也是外來的佛教思想與中國傳統思想在哲學上的最大分歧。六朝時期形神問題的討論，主要呈現在神滅與神不滅的爭論上。神不滅論是中國佛教徒將佛教的輪迴學說，與中國傳統的有神論相結合而發展出的產物，慧遠所作的〈形盡神不滅〉一文是其代表。慧遠依其三世因果報應之說，認為形體有死，而「神」則不滅，成為承受業報輪迴的主體，故「神」不會因為形體的死亡而消滅。並用「薪火之喻」來說明「形盡神不滅」的觀點：

> 火之傳於薪，猶神之傳於形；火之傳異薪，猶神之傳異形。前薪非後薪，則知窮之術妙；前形非後形，則悟情術之感深。惑者見形朽於一生，便以謂神情俱喪，猶睹火窮於一木，謂終期都盡耳。（註二六）

東晉時，何承天就曾撰文反對佛教生死輪迴與因果報應的學說，而到了齊梁之際，范縝〈神滅論〉的出現，將六朝的形神之爭推向高潮。〈神滅論〉云：

> 神即形也，形即神也。是以形存則神存，形謝則神滅也。（註二七）

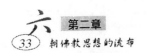

又說：

形者神之質，神者形之用，是則形稱其質，神言其用，形之與神，不得相異也。（註二八）

范縝系統的提出形質神用的理論，認為形體是實質，而精神則是形體的作用，故形亡而神滅。〈神滅論〉出現後，崇佛的南齊文宣王蕭子良和梁武帝蕭衍，先後發動多人撰寫文章圍攻范縝。然而，誠如劉見成在〈形神與生死——魏晉南北朝時期的形神之爭〉一文中所說：

魏晉南北朝時期儒佛相互詰難的時代大課題——形盡神不滅的論辯，事實上是混雜不清的，因其中存歧義之處。神滅論者所說的「神」是指人的精神活動，而神不滅論者所謂的「神」卻是指人形體死後承載輪迴的精神主體。（註二九）

儘管當時對神滅神不滅的爭論，文章眾多，論辯激烈，卻仍未將形神問題真正釐清。

## （四）儒、道、佛三教的高下之爭

在對抗佛教這外來宗教的問題上，儒、道常採取同一陣線，共同批判、反對佛教。但佛教對待儒、道的態度卻有所不同。因儒學是中國政治、倫理的基礎，在中國具有根深柢固的影響，所以佛教多半採取迎合的態度。而道教和佛教同為宗教，兩者為爭取宗教地位，彼此的爭論就更加的激烈、尖銳（註三〇）。

首先，道教為取得宗教首位，編造《老子化胡經》，說老子西遊化胡成佛，以佛祖為老子的弟子，提高道教地位。而佛教徒隨之編造《清淨法行經》，宣揚三聖化現說，以孔子、顏淵、老子為佛祖派至中國實行教化的三個弟子。接著，儒、道聯合對抗佛教，挑起了「夷夏之辯」的爭論。其後又以「浮屠害政」為依據，發出「佛教危國論」，認為塔寺糜費，僧尼減損役稅，使國家財政兵員受到危害；加上僧尼冒濫，寺廟藏奸，也妨礙律法的貫徹。儒、道以危害王道政治攻擊佛教，曾造成北朝北魏太武帝及北周武帝的二次滅佛行動，對當時佛教的發展造成不小的傷害。

# 二、佛教與儒、道的交融

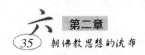

佛教作為一外來宗教，自其傳入中土開始，就已展開與中國傳統文化，特別是儒、道思想的交流，雖然佛教在六朝的發展，仍不時與儒、道相互排斥、論爭，但也在這過程中不斷相互激盪交流，而逐漸走向融合之途（註三一）。

事實上，早在三國時期牟子的〈理惑論〉（註三二）中，已可看出儒、佛、道三者交融的痕跡，至東晉宗炳作〈明佛論〉，更指出：「孔、老、如來，雖三訓殊路，而習善共轍。」（《弘明集．卷二》）儒、佛、道三教的相互交融，至南北朝時，更是無可避免的趨勢。當時的名士文人、道人僧徒，甚至帝王公卿，大都同時受到儒、道、佛三教的影響，倡導佛道一致乃至三教合流的論者極多，如北周道安的〈二教論〉中，有「三教雖殊，勸善義一，教跡雖異，理會則同」（《弘明集．卷八》）之言。而南朝李師政的〈內德論〉也有相同思想：

> 夫釋老之為教，體一而不二矣。同躅有欲之累，俱顯無為之宗，……理非矛盾之異，人懷向背之殊。（《弘明集．卷十四》）

他認為佛道本體無異，只是人們以不同角度去理解，因而產生差別。而眾多論述中，尤以梁武帝主張三教一致、並用的思想為其代表。他曾作〈會三教詩〉，詩中說：「少時會周孔，弱冠窮六經」，「中復觀道書」，「晚年開釋卷，猶日映眾星」，以日來喻佛，以眾星喻儒、道，將佛教高置於儒、道之上，又說：「分別根難一，執著性易驚，窮源無二聖，測善非三英。」認為三教皆不可無，惟更推重佛教。然則他將佛教擺在最高地位，僅在宗教信仰的領域之中，在現實政治生活裡，他實行的是三教並用的政策。他認為三教各有妙用不能偏廢，並將三教的始祖孔子、老子和釋迦牟尼總稱為「三聖」（註三三），認為三教在理論上可以融會貫通，而在實踐上又可以互補，三教合一對政治的安定有助益。（註三四）正如任繼愈在《中國佛教史》中所言：

儒家講治國平天下，建立封建綱常，其內容既有社會政治理論，又包括倫理道德學說，被中國歷代封建統治階級奉為統治思想；道家、道教中有關於統治方術、謀略的內容，又講節欲及養性、修煉成仙，既可滿足統治者追求不死的幻想，又可以愚化民眾；佛教以因果報應論來解釋、掩飾社會上的貧富等級差別，又以升天、解脫成佛教義給人以幻想寄託。三教從不同角度，用不同的方法維護與鞏固封建統治秩序。這是梁武帝，也是其他統治階級代表人物主張三

教一致，推行三教並用政策的現實原因所在。（註三五）

三教融合的思想，更大部分具體的展現在士大夫的身上。他們不執著於一個宗教，而是遊於三教之間，對於三教採取兼容並蓄的態度。南齊名士張融就是一例。據《南齊書．張融傳》所載，他臨死時令人在他死後「入斂：左手執《孝經》、《老子》，右手執小品《法華經》」。對於三教是一個也不肯捨去。而南朝著名的道士陶弘景，也有類似的遺囑：「冠巾法服，左肘錄鈴，右肘藥鈴，……通以大袈裟（即僧服）覆衾蒙首足。道人（指僧人）道士並在門中，道人左，道士右。百日內，夜常燃燈，旦常香火。」（《南史．陶弘景傳》）可見在他身上道、佛信仰是並存的。六朝士大夫這種遊於三教之間，同時兼有儒、道、佛三教的思想，深深影響著他們的意識、生活與行為，可說是更真實的展現出三教在當時的交融情形，及對當代社會生活的作用和影響。

## 注釋

註一　見湯用彤：《漢魏兩晉南北朝佛教史》（上冊）（臺北・臺灣商務印書館，民國八十年九月臺二版），頁一～二。

註二　關於佛教傳入的諸種傳說，可參見湯用彤：《漢魏兩晉南北朝佛教史》（上冊）（同註一），頁二～一五、任繼愈主編：《中國佛教史》（第一卷）（北京・中國社會科學出版社，一九八五年六月），頁四六～六七、鎌田茂雄著／關世謙譯：《中國佛教通史》（第一卷）（高雄・佛光出版社，民國七十四年九月），頁八三～一〇一。本節關於佛教初傳時期的傳播情形，亦主要參考此三書。

註三　湯用彤認為永平求法說最早見於《牟子理惑論》、〈四十二章經序〉及《老子化胡經》；任繼愈則認為《牟子理惑論》是延續〈四十二章經序〉之說而在情節上有所發展；鎌田茂雄則以晉・袁宏《後漢紀》中記事為明帝感夢求法說之原型。以年代而論，〈四十二章經序〉、《牟子理惑論》實應較早；而以內容論，《牟子理惑論》之記載確實較〈四十二章經序〉多增若干修飾與篇幅，故此處採任繼愈之說。

註四　《四十二章經》並非一獨立的佛經，而是撮取群經而成的一本類似佛學概要的書籍。關於《四十二章經》的年代、真偽、版本、性質等問題，可參考湯用彤《漢魏兩晉南北朝佛教史》（同註一），頁三一～四六，書中有詳實的考證。

註五　浮屠為梵語BUDDHA之音譯，又譯作浮圖、佛陀或佛。

註六　任繼愈據《弘明集．卷十三》，晉郗超《奉法要》所載，認為「潔齋三月，與神為誓」是指佛教居士在一年的正月、五月、九月這三個月的初一到十五日要嚴守五戒或八戒，不殺生，奉行素食等等，稱為「三長齋月」。

註七　以下佛教思想的發展，參考湯用彤：《漢魏兩晉南北朝佛教史》上冊、任繼愈主編：《中國佛教史》第二卷、鎌田茂雄著／關世謙譯：《中國佛教通史》第一、二卷（以上同註二），及《佛教史略與宗派》（臺北．木鐸出版社，民國七十七年九月初版）、〔荷蘭〕許里和著／李四龍、裴勇等譯：《佛教征服中國》（南京．江蘇人民出版社，一九九八年三月一版一刷）、石萬壽：〈隋唐以前佛教的傳播與華化運動──佛教中國化研究之一〉（臺北．《人文學報》，民國七十二年六月第八期），頁六一～八六。

註八　三國時期的佛教中心有二處，一是北方曹魏的都城洛陽，一是南方孫吳政權的所在地建業。江淮地區佛教的傳入，與東漢楚王英的崇佛有關。除了其轄區在今江蘇、安徽一帶之外，後來他因罪被廢並被遣送至丹陽（今安徽宣城）時，隨他南遷的數千人中，有不少是佛教徒，使得江南地區很早就有佛教的傳入。加上東漢末年，大批關中、洛陽一帶的人為避戰亂而遷居吳地，其中也有不少佛教徒，而三國時期重要的經譯家支謙、康僧會亦相繼來到東吳，也使得當時江南地區的佛教較北方盛行。

註 九　見任繼愈《中國佛教史》（第二卷）（同註二），頁三七。

註一〇　一般僅題為無羅叉譯，實際是由竺叔蘭與無羅叉共譯的。無羅叉只知為于闐人，身世不詳。而鎌田茂雄據道安所作的《合放光光讚略解序》所言，認為《放光般若經》是由于闐沙門無羅叉手執胡本，竺叔蘭譯述，祝太玄、周玄明等擔任筆受而譯出的。

註一一　見中國佛教協會編：《中國佛教漫談》（南京·江蘇古籍出版社，一九九六年八月第三次印刷），第二篇〈漢魏兩晉南北朝的佛教〉，頁一〇。

註一二　同註九，頁二一～二二。

註一三　《般若經》的傳譯始自東漢末年的支讖，後來支謙、朱士行、竺法護等人雖也繼續般若思想的譯介，但到西晉中葉以前，這種外來思想仍留在引進的階段，直至東晉初年，才形成一股佛玄合流的般若學思潮。而由於當時各學者對般若學說的理解不同，因而產生「六家七宗」之說，據晉宋間僧人曇濟所著《六家七宗論》，七宗是指：本無宗、本無異宗、即色宗、識含宗、幻化宗、心無宗、緣會宗。而其中本無異宗與本無宗原為一家，故稱之為「六家七宗」。

註一四　據北京中華書局《晉書》之校勘，認為僧略、道樹、道坦實為僧碧、道標、道恒之誤，皆因形近而誤。見《晉書》（北京中華書局，一九七四年十一月第一版）頁二九八九～二九九〇。

註一五　洪修平：〈也談兩晉時代的玄佛合流問題〉（北京．《中國哲學史研究》一九八七年第二期），頁四九。

註一六　同上註。

註一七　同註一，頁三七二～三七三。

註一八　同註九，頁七〇〇～七〇一。

註一九　見方立天：《中國佛教研究》（下冊）（臺北．新文豐出版公司，民國八十二年五月臺一版），頁六八三～七〇〇。

註二〇　以下三教論爭，參考任繼愈：《中國佛教史》（第三卷）、方立天：《中國佛教研究》（下）、郭朋：《中國佛教思想史》（上卷）（福州．福建人民出版社，一九九四年九月一版一刷）。

註二一　見庾冰：〈代晉成帝沙門應盡敬詔〉，載於《弘明集．卷十二》。

註二二　慧遠〈沙門不敬王者論〉由〈在家〉、〈出家〉、〈求宗不順化〉、〈體極不兼應〉、〈形盡神不滅〉五文組成，皆見於《弘明集．卷五》。

註二三　見慧遠〈答太尉書〉，載於《弘明集．卷十二》。

註二四　〈夷夏論〉原文已佚，此據《南齊書．高逸傳．顧歡傳》中所載。

註二五　〈三破論〉原文已佚，散見於劉勰〈滅惑論〉與釋僧順〈釋三破論〉，二文皆見《弘明集，卷八》。

註二六　〈沙門不敬王者論．形盡神不滅〉，見《弘明集．卷五》。

註二七　范縝〈神滅論〉原文已佚，此據《梁書．儒林．范縝傳》中所載。

註二八　同上註。

註二九　劉見成：〈形神與生死——魏晉南北朝時期的形神之爭〉（臺北：《中國文化月刊》，一九九七年七月，第二〇八期），頁四六。

註三〇　參考賴永海：《佛道詩禪》（高雄：佛光出版社，民國八十一年三月初版），頁一〇四～一一九。

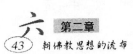

註三一　以下三教交融，參考郭朋：《中國佛教思想史》（同註二一）、賴永海：《佛道詩禪》（同上註）、許抗生：《魏晉玄學史》，（西安．陝西大學出版社，一九八九年七月一版一刷）、劉振東：《中國儒學史——魏晉南北朝卷》，（廣州．廣東教育出版社，一九九八年六月一版一刷）。

註三二　牟子〈理惑論〉見於《弘明集．卷一》，署為漢牟融撰。對於此書真偽、年代，前人有不少爭議，湯用彤認為其確非偽作，並認為牟子〈理惑論〉是中國佛教史上重要的一頁（見湯用彤《兩漢魏晉南北朝佛教史》上冊，頁七三～八〇）；而任繼愈更斷其著成在三國時孫吳初期（見任繼愈《中國佛教史》第一卷，頁一八八）。此處從其二人之說。

註三三　見〈敕答臣下神滅論〉，載《弘明集．卷十》。

註三四　以上參考洪師順隆：〈梁武帝蕭衍作品的宗教風貌〉（臺北．《國立編譯館館刊》，民國八十六年十二月，第二十六卷第二期），頁六六～七七、任繼愈：《中國佛教史》（第三卷），（同註二），頁一五～三八；羅宏曾：《魏晉南北朝文化史》（四川人民出版社，一九八八年），頁二〇九～二一二。

註三五　見任繼愈：《中國佛教史》（第三卷）（同註二），頁二八。

# 第三章　六朝的佛教綜覽

佛教在六朝迅速的發展弘傳，由一個外來的宗教文化，一躍成為中國傳統文化中的重要成分之一，在這段期間，佛教不但在思想理論上吸收了傳統文化的養分，朝向中國化的路途邁進，作為一種宗教信仰與文化，它也不斷地以各種方式滲入中國的社會生活中。佛教一方面影響著六朝的社會文化，同時也在當時社會環境的土壤中成長，建立完整的思想體系與組織活動，逐漸形成符合中國政治民情需求的宗教文化，與當時的政治、經濟、生活、文化等方面，都產生密切而重要的關係。

## 第一節　六朝政治與佛教：帝王的提倡

中國古代的政治制度中，「王權」是高於一切的，所謂的「君權神授」，不過是以傳統宗教信仰的「天命」、「天意」觀，來鞏固王權至上與強調它的神聖性。在這樣的政治形態下，宗教的「神權」是無法凌駕於「王權」之上的，任何宗教的發展若不能有利於王權政治、受到統治者的認同與支持，就很難獲得生存和發展的空間。誠如〈中國封建社會中宗教與王權政治的關係〉一文所說：

在中國封建社會中，宗教與社會、宗教與王權政治的互動的基本形式是借用、順應。借用是指，統治者一方，借用宗教為封建統治服務；宗教一方依靠王權而生存發展。順應是指，適應於借用需要的調適。借用、順應具有雙向性，然而統治者一方更多體現為借用，宗教一方更多體現為順應。（註一）

統治者在利用宗教鞏固王權、強化統治地位的前提下，有條件的提倡宗教；宗教則為求生存與發展而依靠王權，甚至為政治需求而作出某些順應或讓步。這樣的關係是互動且互賴互存的。而作為一外來宗教的佛教，為求在中國得到接納與傳播，自然亦須依賴統治者的認同和提倡，佛教之所以能在六朝時期獲得迅速的發展，帝王的信仰與提倡是不可或缺的因素之一。一般而言，帝王對佛教的提倡表現在兩個方面，一是支持廟宇、塔像的修建，及佛經的翻譯工作；二是禮遇重用佛教僧人，甚至讓他們參與議政；三是自己信仰佛教。前者使得佛教得以迅速發展和傳播，後兩種則對佛教的社會地位提升大有助益（註二）。

東晉十六國時期，南北兩個分裂政權都相繼出現對佛教重視與提倡的帝王，這也使得佛教得以擺脫對玄學的依附，而進入獨立自主的發展地位。東晉元帝、明帝、哀帝和簡文帝等，都是認同且親近佛教的（註三）。據《世說新語．方正篇》所載：

> 後來年少，多有道深公者，深公謂曰：「黃吻年少，為評論宿士，昔嘗與元明二帝王庾二公周旋。」

其注又引《高逸沙門傳》曰：

> 晉元明二帝，遊心玄虛，託情道味，以賓友禮待法師，王公、庾公傾心側席，好同臭味。

文中的深公，指的是竺道潛，字法深，他是晉朝丞相王導、大將軍王敦之族弟，《高僧傳》中說他：

中宗元皇及肅祖明帝、丞相王茂弘、太尉庾元規，並欽其風德，友而敬焉。建武太寧中，潛恒著屐至殿內，時人咸謂方外之士，以德重故也。（《高僧傳．法潛傳》）

建武是東晉元帝的年號，太寧則是明帝的年號。由竺道潛深受元帝、明帝及王導、庾亮等人的敬重，甚至可「著屐」出入於宮殿，可知他在當時極受帝王及士族的禮遇，亦可見元明二帝對佛教抱持的態度是認同且信崇的。尤其是明帝，不但好尚佛法，更善畫佛像。習鑿齒在〈致道安書〉中謂：

唯肅祖明皇帝，實天降德，始欽斯道，手畫如來之容，口味三昧之旨，戒行峻於巖隱，玄祖暢乎無生，大塊既唱，萬竅怒號，賢哲君子靡不歸宗。（《弘明集．卷十二》）

認為明帝是自天而降的有德之人，他崇信佛教，不但「手畫如來之容，口味三昧之旨」，且嚴守戒行、深明佛法，當時的賢哲君子在他奉行佛法的感化下，也紛紛開始信仰佛教。可見明帝不但信崇佛教，對當時士族名流、文人士大夫的尚佛，也起了一定的帶動作用。

　　而當時北方政權的十六國統治者，對於佛教則多半採取提倡的態度，這或許和他們原為胡人，並無「夷夏」問題有關。後趙石虎時，中書著作郎王度曾主張「佛是外國之神，非天子諸華所可宜奉」（《高僧傳．佛圖澄傳》）。石虎卻答曰：

> 朕出自邊戎，忝君諸夏，至於饗祀，應從本俗。佛是戎神，所應兼奉，其夷趙百姓有樂事佛者，特聽之。（《晉書．佛圖澄傳》）

石虎對於當時的名僧佛圖澄十分敬崇，不但讓他參與議政，還廣建佛寺，甚至在建武四年（西元三三八年）下詔准許漢人出家為僧，並且可免除賦稅、徭役和兵役，使得許多為生活所迫的人民紛紛遁入佛門，這對於佛教在北方的弘傳有極大的影響。其後，前秦苻堅對道安的禮敬、後秦姚興對鳩摩羅什的尊崇（註四），都對推動佛教在北方的普及和發展有很大的助益，也是當時統治者提倡佛教的明例。

至南北朝時期，帝王中尚佛者更多。南朝諸帝大都奉佛，如宋武帝劉裕對鳩摩羅什弟子慧嚴、僧導等沙門一向禮遇，而其後的宋文帝更重佛法，他對慧嚴亦十分敬崇，「每見弘讚問佛法」（《高僧傳．慧嚴傳》），又因讚賞竺道生的「頓悟成佛」說，而召請道生弟子道猷入宮申述頓悟理論，與慧觀及其弟子法瑗等人也一直保持密切的交往。元嘉十二年（西元四三五年），京尹蕭摹之奏請限制起寺鑄像，文帝與侍中何尚之議論此事時謂：

> 三世因果未辯厝懷，而復不敢立異者，正以卿輩時秀，率所敬信故也。范泰、謝靈運常言六經典文，本在濟俗為治，必求靈性真奧，豈得不以佛經為指南耶？……若使率土之濱，皆敦此化，則朕坐致太平，夫復何事？（《高僧傳．慧嚴傳》）

文帝認為佛法有益於社會教化，可令其「坐致太平」，對鞏固王權、維護政治秩序十分有利，基於這樣的現實政治考量，他對提倡佛教自是更加不遺餘力。

其後，宋孝武帝、宋明帝及齊高帝、齊武帝亦十分推崇佛教，然論及南朝諸帝中最著名的崇佛者，首推公開捨道事佛、四次捨身同泰寺，將南朝佛教發展推至顛峰的梁武帝蕭衍。蕭衍接觸佛教較儒教和道教為晚，但他在即位皈依佛教後，卻至為虔誠，不但公開宣稱捨道事佛，更多方推廣弘傳佛教，將佛教推至「國教」的地位。蕭武帝對佛教提倡的不遺餘力，可由下列幾點證明之：一是創建寺塔、塑造佛像並舉辦齋會。二是四次捨身同泰寺，提高佛教地位並有利於寺院經濟。三是重視佛教戒律，並制斷酒肉。四是親自講經說法，並撰寫佛教著述。五是禮待僧侶，獎勵佛經譯注（註五）。對於佛教的支持與倡導，梁武帝可說是歷代帝王中最全面也最虔誠的一位（關於梁武帝與佛教關係，留待探討其詩歌中佛教風貌時再作論述，此處暫不詳敘）。

至於北朝，雖曾先後發生北魏太武帝及北周武帝的二次滅佛事件，但其後的統治者都重新下詔復興佛教，使佛教再度盛行於北方。北魏文成帝即位後，廢除太武帝禁斷佛教的旨令，認為佛教：「助王政之禁律，益仁智之善性，排斥群邪，開演正覺。」（《魏書·釋老志》）。因而下詔復興佛法。其後的獻文帝、文成帝也都是佛教的信奉者，尤以孝文帝對佛教的大力提倡，使北魏佛教邁入新的發展。孝文帝不但興建佛寺石窟並廣渡僧尼，也提倡研究佛義，《魏書·高祖紀》中說他「尤精釋義」，且對於佛教的義理教派也十分熟悉，還曾頒下〈聽諸法師一月三入殿詔〉，要一些名僧一個月中入殿三次，以探究佛義、為朝廷解惑、修習佛智，可見孝文帝對名僧和佛義的重視（註六）。而另一下詔廢佛的周武帝去世後，繼位的宣、靜二帝即下敕允許朝野恢復奉佛。不久，外戚楊堅取代北周而建立隋朝，佛教亦進入上承南北朝、下啟唐朝興盛狀況的新時期。

隋文帝楊堅可說是中國歷代帝王中，除梁武帝之外，信仰佛教最為虔敬積極的一位君主，這應與他自小的生長環境有關。文帝出生於虔信佛教的家庭，據《八瓊室金石補正．卷二十六．栖嚴道場舍利塔碑》所載：「栖嚴道場者，魏永熙之季，大隋太祖武元皇帝之所建立」（註七）。其父楊忠曾興建佛寺，《隋書．高祖紀》：

> 皇妣呂氏……生高祖於馮翊般若寺，紫氣充庭。有尼來自河東，謂皇妣曰：「此兒所從來甚異，不可於俗間處之。」尼將高祖舍於別館，躬自撫養。

則文帝不但誕生於佛寺之中，且由沙門女尼教養成長。家庭環境的影響加上幼時成長過程的薰陶，使隋文帝對佛教的信仰極為堅定，終生奉信不移，雖曾遭逢周武帝二次滅佛法難，但於佛教信仰的熱忱卻始終不變。且靜、宣二帝即位後，對佛教的重新開放與復興，楊堅對佛教的信奉曾起過一定的作用。湯用彤在《漢魏兩晉南北朝佛教史》中論及此事時認為：

宣靜二帝之復教，疑實出丞相楊堅之意，故佛法再興，實由隋主也。（註八）

宣帝下詔復佛是否出自楊堅之建言，雖無明顯史料可證，但據《續高僧傳》謂：

隋文作相，大弘佛法。（《續高僧傳．智炫傳》）

可知靜帝時復興佛法，確實是由楊堅倡導提議的，也是直至楊堅為相執掌朝政的這段期間，北周末年的佛教才獲得全面的開放與恢復。而他在取代北周建立隋朝後，對佛法的弘揚就更為積極盛大了。事實上，文帝對佛教的倡導，亦有現實政治上的因素。北朝佛教傳播普及社會各階層，信奉佛教者十分眾多，以北魏末年而言，光是出家僧尼就有二百萬之多（註《魏書．釋老志》），若再加上在家的奉佛徒眾，確是一股龐大的力量。而在周武滅佛之後，文帝對佛教的恢復與倡導，自然容易得到這股力量的支持，對於取代北周的隋朝政權的鞏固有相當程度的助益，這自然更助長文帝對佛教的信奉和提倡。

隋文帝除本身奉佛、受菩薩戒外，並召請高僧每月入宮講經，甚至以帝王的政治權力來護持佛法：

詔曰：「佛法深妙……濟渡群品，凡在含識，皆蒙覆護。所以雕鑄靈相，圖寫真形，率土瞻仰，用申誠敬。……敢有毀壞偷盜佛及天尊像、嶽鎮海瀆神形者，以不道論。沙門壞佛像……以惡逆論。」（《隋書．高祖紀》）

這是文帝以刑律來保護佛教的明例。此外，他還積極延請名僧至長安弘法，使南北方佛教逐漸統一，而長安也成為當時全國的佛教中心。文帝更大量鼓勵出家，《隋書．經籍志．佛經敘》：

開皇元年，高祖普詔天下，任聽出家。

《續高僧傳》中也載：

開皇十年，敕僚庶等，有樂出家者，並聽。（《續高僧傳．靖嵩傳》）

在文帝的鼓勵推動下，使隋朝出家僧尼大增，奉佛風氣因而大盛。而其在位期間，更致力於寺塔、佛像的興建，他曾於仁壽元年（西元六〇一年）、二年、四年，先後三次下敕興建舍利塔於天下諸州，甚至為營建舍利塔而下詔百姓布施，命地方官員暫停辦公七日：

朕皈依三寶，重興聖教。……宜請沙門三十人……各將侍者二人，併散官各一人……分道送舍利往前件諸州起塔。……任人布施，錢限止十文已下……所施之錢，以供營塔。……諸州僧尼，普為舍利設齋。……總管刺史已下，縣尉已上，息軍機、停常務七日，專檢校行道及打剎等事。（註九）

隋文帝奉佛的虔誠與推動佛教事業的積極，使得隋朝佛教風氣大為盛行，並開啟中國佛教全盛期的序幕（註一〇）。

六朝時期的佛教，在諸位帝王的提倡下弘傳、發展，並普及於社會各階層，而逐漸成為我國主要文化元素之一。統治者提倡佛教，除個人信仰之外，政治上的利用亦是主要原因之一，如前所述，統治者是在利用宗教鞏固王權、強化統治地位的前提下，有條件的提倡宗教，故須將宗教的發展限制在有利且無害於王權的範圍內，因而統治者除了利用宗教外，更以政治、律法等手段實行對宗教的管理，東晉十六國時期產生的僧官制度，就是最明顯的例子。

佛教自兩漢之際傳入中國，直至東晉十六國時期才得以迅速發展，佛教也在融合中國傳統文化、適應中國社會環境後，演變為同時具有宗教、政治、經濟等性質的社會組織，帝王為有效控制管理這樣的社會組織，遂任命僧人為官治理僧尼、教團等事務，僧官制度於焉產生。在東晉十六國南北政權分裂的局勢中，東晉、北魏和後秦先後正式出現僧官的設置（註一一）。其後僧官制度歷經發展演變，延續一千餘年，成為中國佛教的特色之一。正如任繼愈在《中國佛教史》中所言：

> ……在龐大的封建官僚機構之中，又形成一個以僧侶上層組成的僧官系統，……協助封建國家管理、監督和聯絡廣大僧尼，使他們通過修行、傳教來影響社會，維護封建綱常名教和社會秩序。（註一二）

僧官制度的產生，除了顯示佛教的興盛與帝王對佛教的重視之外，也是歷代帝王對佛教發展的限制和管理，帝王雖為利用佛教鞏固政權而大力提倡佛教，但亦為規範佛教有利且無害於王權，而在某些程度上限制了佛教的獨立發展。

## 第二節　六朝社會與佛教：士大夫的信仰

牟子〈理惑論〉云：「視俊士之所規，聽儒林之所論，未聞修佛道以為貴。」（《弘明集．卷一》）反映出時至漢末，社會的文人名士崇信佛法者尚不多見。而梁．僧祐〈弘明集後序〉曰：「漢末法微，晉代始盛。」佛教至晉代開始迅速發展，除沙門僧侶致力於對佛教的弘傳與義理的探析外，文人士大夫亦在其中扮演重要的角色。士大夫階層可說是社會的中堅分子，他們是傳統價值的維護者，也是君主政治中最具活動力的階層，領導著社會文化風潮的走向。文人士大夫對佛教的接受與信仰，不但是佛教在中國始盛的關鍵，同時在中國佛教發展史上亦具有深遠意義，它標誌著佛教已開始融入於中國固有思想文化中，成為我國傳統意識的一部分。六朝時期士大夫對佛教的信仰，可由下列幾方面分別論述之（註一三）。

## 一、與僧侶交遊

湯用彤論兩晉之際名僧與名士的結合時曾說：

其後《般若》大行於世，而僧人立身行事又在在與清談者契合。夫《般若》理趣，同符《老》《莊》。而名僧風格，酷肖清流，宜佛教玄風，大振於華夏也。（註一四）

與僧侶的交遊，往往開啟士大夫與佛教的接觸，同時也成為他們對佛教理解和崇奉的媒介。《世說新語》中就載有王洽、庾亮、郗超、王濛、王修、劉惔、謝安、謝朗、殷浩、王羲之、許詢、孫綽等人與當時名僧相交遊的情形（註一五）。如《世說新說．文學篇》載：

有北來道人，好才理，與林公相遇於瓦官寺，講《小品》。于時竺法深、孫興公悉共聽。

林公，指東晉名僧支遁，字道林。孫興公，即孫綽，字興公。由這段記載可知孫綽與僧人支道林、竺法深皆有交遊，並在佛寺中聽講佛經。而《世說新語．雅量篇》亦載有郗超與道安的交遊情形：

郗嘉賓欽崇釋道安德問，餉米千斛，修書累紙，意寄殷勤。道安答直云：「損米，愈覺有待之為煩。」

郗超因尊敬道安德行而贈米千石，更以長信表達自己仰慕的心意。《世說新語．文學篇》又載有：

支道林、許掾諸人，共在會稽王齋頭。支為法師，許為都講。

又曰：

支道林初從東出，住東安寺中。王長史宿構精理，并撰其才藻，往與支語，不大當對。王敘致作數百語，自謂是名理奇藻。支徐徐謂曰：「身與君別多年，君義言了不長進。」王大慚而退。

許掾，即許詢，字玄度。王長史，指王濛。由支道林「身與君別多年」之語，可見支道林與王濛相交已久。而王濛亦為當時著名的清談家，他「宿構精理」，只為獲名僧支道林的評價與肯定，當支道林說他「義言了不長進」，則大慚而退，由此亦可見在談理方面，名僧在名士心目中地位之高了。《晉書·王羲之傳》中，則記載了王羲之、孫綽、李充、許詢等人與僧人支遁的交往：

會稽有佳山水，名士多居之，謝安未仕時亦居焉。孫綽、李充、許詢、支遁等皆以文義冠世，與羲之同好。

南朝宋有名的山水詩人謝靈運，亦崇信佛教，並與僧人交遊甚密。如《高僧傳·慧遠傳》曰：

陳郡謝靈運負才傲俗，少所推崇，及一相見，肅然心服。

而謝靈運自己在〈廬山慧遠法師誄〉中亦稱：「志學之年，希為門人。」說明早有皈依之志，可見他對慧遠的敬服與推崇。士大夫與僧人交遊的記載，常與其參與的佛教活動，如聽講佛經、建造佛寺等有關，下面將另作說明，此處僅舉數例為證，說明士大夫與僧人間交遊的頻繁，及其對名僧的敬重。

## 二、讀經與聽經

士大夫對佛教義理的瞭解，多由聽名僧講經或自讀經書而來，甚至有的士大夫精研佛理，也親自講解佛經，以廣傳佛教、弘揚佛法。如《高僧傳．僧伽提婆傳》載：

至隆安元年（西元三九七年）來遊京師，晉朝王公及風流名士，莫不造席致敬。時衛軍東亭侯瑯琊王珣，淵懿有深信，荷持正法，建立精舍，廣招學眾。提婆既至，珣即延請，仍於其舍講《阿毘曇》，名僧畢集。提婆宗致既精，詞旨明析，振發義理，眾咸悅悟。時僧彌亦在座聽，後於別屋自講，珣問法綱道人：「阿彌所後云何？」答曰：「大略全是，小未精覈耳。」

王珣為東晉名相王導之孫，與竺道壹、僧伽提婆、竺法汰等名僧皆有交遊，並曾於晉安帝隆安元年，集建康學僧四十餘人於東亭寺，邀請僧伽提婆譯《中阿含經》，可見其對佛教的崇信。僧彌，指王珣之弟王珉，小字僧彌。據《高僧傳》所述，係王珣迎請提婆於精舍講《阿毘曇》，而當時王珉年紀尚小，聽提婆講解後，在別室為沙門法綱等人自講《毘曇經》，已能「大義皆是」，可見其才能殊勝。

六朝迎請高僧講經或至寺院聽講佛經的風氣，十分盛行。如《高僧傳．僧苞傳》載：

時王弘、范泰聞苞論議，歎其才思，請與交言。仍屈住祇洹寺，開講眾經，法化相續。陳郡謝靈運聞風而造焉，及見苞神氣，彌深歎伏。

王弘、范泰請僧苞至祇洹寺講經，謝靈運聞風而造訪，聽講後「彌深歎伏」。可以想見的是，當時「聞風而造」者，必不止靈運一人。而據《南史》所載，劉宋時張稷「出為青、冀二州刺史，不得志，常閉閤讀佛經」（《南史．張裕傳》），在不得志時，為求心中安穩而閉門研讀佛經，則顯示佛教信仰已滲透到士大夫的精神內部了。

陳．徐陵之弟徐孝克，年輕時通《五經》、談玄理、善文章，後精研佛理，《陳書》曰：

> 後東遊，居於錢塘之佳義里，與諸僧討論釋典，遂通《三論》。每日二時講，旦講佛經，晚講《禮傳》，道俗受業者數百人。……太建四年（西元五七二年），徵為祕書丞，不就，乃蔬食長齋，持菩薩戒，晝夜講誦《法華經》，高宗甚嘉其操行。（《陳書．徐陵傳》附〈徐孝克傳〉）

徐孝克精通於佛教與儒家典籍，來聽他講解佛經和《禮傳》者，達數百人之多。而至隋朝時，文帝亦曾召孝克至尚書都堂講經：

> 開皇十年（西元五九〇年），長安疾疫，隋文帝聞其行，召令於尚書都堂講《金

剛般若經》。（《陳書．徐陵傳》附〈徐孝克傳〉）

可見孝克對佛經義理的精研。

## 三、布施與造寺

士大夫對佛教的信仰，還表現於對寺院的布施上。這些布施有的是財物，有的是土地，還有的則是興建佛寺來供養僧尼。如《晉書》載王恭：

……尤信佛道，調役百姓，修營佛寺，務在壯麗，士庶怨嗟。臨刑，猶誦佛經，自理鬚鬢，神無懼容……。（《晉書．王恭傳》）

王恭因信奉佛道，調役百姓以修營佛寺，而為了佛寺的壯麗，竟課徵百姓勞役與租稅，以致怨嗟之聲四起。這自然不是佛教徒應有的行為，但仍可證當時確有私人因好佛而營造佛寺之事。而《高僧傳．慧遠傳》則記載江州刺史桓伊為慧遠於廬山立東林寺之事：

時有沙門慧永，居在西林，與遠同門舊好，遂要遠同止。永謂刺史桓伊曰：「遠公方當弘道，今徒屬已廣，而來者方多。貧道所棲褊狹，不足相處，如何？」桓乃為遠復於山東更立房殿，即東林是也。

後廬山東林寺遂成為東晉的佛教重鎮。劉宋時，范泰亦曾建祇洹寺，事載於《高僧傳．慧義傳》：

宋永初元年（西元四二〇年），車騎范泰立祇洹寺，以義德為物宗，固請經始。義以泰清信之至，因為指授儀則，時人以義方身子，泰比須達。故祇洹之稱，厥號存焉。後西域名僧多投止此寺，或傳譯經典，或訓授禪法。

身子，梵語「舍利弗多羅」之意譯。「舍利」為「身」，「弗多羅」為「子」，乃釋迦牟尼弟子中的第一智者。須達，指印度舍衛國的須達長者，他曾在祇陀太子的園林建祇園精舍供養佛陀。故時以舍利弗喻慧義，以須達長者比范泰，而稱這座新建佛寺為「祇洹寺」。與范泰同時的到溉，亦曾捨宅為寺：

初與弟洽恒共居一齋，洽卒後，便捨為寺。蔣山有延賢寺，溉家世所立。溉得祿俸，皆充二寺。因斷腥膻，終身蔬食。別營小室，朝夕從僧徒禮誦。（《南史．到彥之傳》附〈到溉傳〉）

到溉不但將宅舍施捨給佛寺，連為官的祿俸也布施於寺院中，自己只能以一間小屋容身而別無家產，其信仰的虔誠可見一斑。陳．姚察亦捨俸祿造寺，《陳書．姚察傳》曰：

察幼年嘗就鍾山明慶寺尚禪師受菩薩戒，及官陳，祿俸皆捨寺起造，並追為禪師樹碑，文其遒麗。

隋時李士謙亦曾「捨宅為伽藍」（《隋書．李士謙傳》），六朝時士大夫布施、造寺風氣之盛，由此可知。

## 四、撰寫佛學著述

奉佛士大夫既研習佛法、探究佛經，則進而撰寫佛學著述，以宣傳佛教、論述佛理，乃自然之勢。如晉．郗超與支道林友誼甚篤，其有關佛學著述頗多，可惜多半已散佚，現存最為重要者，是載於《弘明集．卷十三》的〈奉法要〉，郗超於晚年所寫的〈奉法要〉，是一篇士大夫所寫的佛教概論，主要說明佛教信仰的要義，尤其是說明在家信眾日常生活的奉佛之法。《世說新語．文學篇》則載：

殷中軍讀《小品》，作詮釋二百籤，皆是精微，世之幽滯。嘗欲與支道林辯之，竟不得。今《小品》猶存。

佛教《辯空論》有詳有略，詳者稱《大品》，略者稱《小品》。殷浩讀《小品》而作二百籤，都是當時幽滯之理，可見他對《小品》有深刻的體悟。劉義慶撰《世說新語》時，尚能見到殷浩所籤的《小品》，而後遂亡佚。南朝齊、梁時人何胤，亦崇信佛教，曾入鍾山定林寺聽講佛典，並事修行。《南史》記載他曾：

……注《百論》、《十二門論》各一卷，注《周易》十卷，《毛詩總集》六卷，

《毛詩隱義》十卷，《禮記隱義》二十卷，《禮答問》五十五卷。（《南史·何尚之傳》附〈何胤傳〉）

他致力於研究佛典，並為鳩摩羅什所譯的《百論》及《十二門論》作注解，鎌田茂雄在《中國佛教通史》中稱讚他道：

何胤不但精通儒學經典，尤為擅長佛教的般若和空思想。在東晉時期的奉佛者中，尚未見他這樣地深通佛學的士大夫，此一意義所顯示從劉宋直到梁代，出現了真正地吸收佛教思想的士大夫。（註一六）

## 五、捍衛佛教

佛教傳布中國所遇最主要的助力及阻力，皆來自於士大夫階層。在六朝時期儒、釋、道三教之間的論爭中，無論是為維護傳統儒家學說而排佛，或是極力捍衛佛教，士大夫都扮演了極重要的角色。如在有關佛教和儒家名教之間的禮制問題——「沙門應否敬王者」之爭中，先是庾冰代成帝詔令「沙門應盡敬王者」，認為中國傳統的名教禮制不可破壞，而要求沙門跪拜王者。但朝中有一批崇信佛教的大臣，以尚書令何充為首，率左僕射褚翜、右僕射諸葛恢，尚書馮懷、謝廣等人，聯名奏表反對之。此事後交禮官、博士詳議，議論結果與何充等人同，但門下則承庾冰之旨而將其駁回。何充等人再奏、三奏，極力堅持，庾冰也復代晉成帝下詔，申明不得以殊俗參治，不過在何充等人的強力捍衛下，沙門跪拜王者之議，終究沒有實行。《弘明集．卷十二》著錄有此次相互論爭的資料，計有庾冰代晉成帝所下詔書兩篇，及何充與褚翜、諸葛恢、馮懷、謝廣等人聯名上奏表疏三篇。

後南朝宋末道士顧歡作〈夷夏論〉，在當時引發了「夷夏之辯」的激烈論爭。對於顧歡的言論，奉佛的士大夫以文章大加駁斥，如朱昭之作〈難顧道士夷夏論〉，認為聖道「無近無遠」、「不偏不黨」、不分夷夏（《弘明集．卷七》）。後南齊又有道士假張融之名作〈三破論〉，攻擊佛教「入國而破國」、「入家而破家」、「入身而破身」（註一七）。劉勰遂作〈滅惑論〉反駁之，認為沙門「學道拔親」是棄小孝而盡大孝（《弘明集．卷八》）。面對夷夏論者以保持傳統文化為由而排佛的言論，信仰佛教的士大夫則主張吸收外來文化，極力闡明佛教之有益於社會教化，以捍衛佛教在中國的弘傳。

然而，六朝時期佛教思想與中國傳統思想在哲學上的最大爭論，實是在神滅與神不滅的形神之爭上。東晉時，何承天就曾撰文反對佛教生死輪迴與因果報應的學說，而到了齊梁之際，范縝〈神滅論〉的出現，則將六朝的形神之爭推向高潮。當時崇佛的南齊文宣王蕭子良和梁武帝蕭衍，皆先後發動多人撰寫文章圍攻范縝的〈神滅論〉。在《弘明集・卷九》中，著錄有蕭琛及曹思文的兩篇〈難神滅論〉，《卷十》除錄有梁武帝所撰〈答神滅論〉外，尚有以沈約為首共六十二人的〈答神滅論〉，這場由梁武帝發起的捍衛佛教之筆戰，其激烈由此可見一斑。

六朝奉佛的文人士大夫，他們與僧侶相交遊，布施並興建寺院，亦研讀佛經或迎請名僧講經，甚至親自參與講經及佛教著述的撰寫，在面對來自儒、道二教的排佛之議時，亦挺身捍衛佛教。佛教在六朝時期的廣傳及中國化，士大夫確實發揮了極大的推動力量。

## 第三節　六朝經濟與佛教：寺院經濟的形成

佛教傳入中國之初，無論譯經說法等活動費用或僧尼生活所需，皆仰賴社會各階層信眾的捐助，寺院本身並無固定的經濟收入。然自東晉以後，佛教的傳播與影響逐漸深入中國社會，不但朝廷和士族、民間信眾的捐助增多，寺院本身也開始經營營利事業。至南北朝時期，寺院經濟發展迅速，在當時社會經濟中佔重要地位，並提供佛教發展穩固的經濟基礎，與佛教信仰的興盛相輔相成，而與當時的政治、社會經濟也有著密切關係及重大影響。

六朝時期佛教寺院財產、僧人經濟來源，主要有三方面：一是朝廷官方的補助；二是各階層信眾的布施；三是寺院本身營利所得。而前兩項財物來源，也成為寺院本身經營營利事業的基礎（註一八）。

## 一、朝廷官方的補助

朝廷官方對佛寺的經濟補助，大都來自歷代奉佛帝王對寺院的賜與，多半是不定期的賜贈，但也有固定的補助。這些補助賜與，除金錢財物外，還包括土地、田莊等寺產，以及供寺院雜役、勞動的寺戶。這些寺產和附屬於寺院的勞動人口，也就成為寺院發展營利活動的基礎。帝王對寺院的賞賜，早在十六國時期已有事例，如南燕主慕容德就曾以二縣的租稅賜與竺僧朗：

燕主慕容德欽朗名行，假號東齊王，給以二縣租稅，朗讓王而取租稅，為興福業。（《高僧傳．竺僧朗傳》）

這是朝廷將一部分民戶的租稅劃歸於寺院僧人，成為寺院經濟收入之一，這在南北朝時期亦常見。如南齊建元元年（西元四七九年）玄暢建齊興寺，高帝於建元二年「敕蠲百戶以充俸給」（《高僧傳．玄暢傳》）。陳宣帝亦曾於大建九年（西元五七七年），下詔為僧人智顗：

割始豐縣調以充眾費，蠲兩戶民，用供薪水。（《續高僧傳．智顗傳》）

北齊文宣帝甚至以三分之一的國庫積蓄供給佛教：

今以國儲，分為三分，謂供國、自用及以三寶。（《續高僧傳．僧稠傳》）

北魏時還設立「僧祇戶」，使各寺院有固定的經濟來源：

曇曜奏：平齊戶及諸民，有能歲輸穀六十斛入僧曹者，即為「僧祇戶」，粟為「僧祇粟」，至於儉歲，賑給飢民。……高宗並許之。（《魏書．釋老志》）

曇曜是當時北魏管理僧務的最高僧官，稱為「沙門統」。而僧祇戶基本組成分子「平齊戶」，則是北魏獻文帝興皇元年（西元四六七年），北魏軍隊攻克宋朝青齊等地，將當地民戶遷至平城附近設立「平齊郡」，史稱這些民戶為「平齊戶」。僧祇戶大都由平齊戶轉變而來，他們須每年向州、郡的僧曹繳納六十斛的「僧祇粟」。僧曹是朝廷所設立管理僧尼事務的機構，故僧祇粟基本上是由朝廷控制，而非個別寺院專有。僧曹以僧祇粟供養眾僧尼，維持他們的宗教活動，成為當時寺院重要且穩固的經濟來源。而篤信佛法的隋文帝，也以官方的力量長期補助某些寺院。《續高僧傳．曇崇傳》：

帝乃立九寺，以副崇願。皆國家供給，終於文世。

又〈法應傳〉亦載：

應領徒三百於實際寺相續傳業。四事供養，並出有司。

帝王以土地、田莊賜贈寺院之事例，則更為多見。如梁武帝於鍾山建大愛敬寺，曾強買簡文帝王皇后之父王騫良田八十餘頃賜與寺院：

時高祖於鍾山造大愛敬寺，騫舊墅在寺側，有良田八十餘頃，即晉丞相王導賜田也。高祖遣主書宣旨就騫求市，欲以施寺。騫答旨云：「此田不賣；若是敕取，所不敢言。」……高祖怒，遂付市評田價，以直逼還之。（《梁書．太宗王皇后傳》附〈王騫傳〉）

北魏孝文帝則在鷹師曹所在地，為其祖母文明太后建報德寺而「罷鷹師曹」，將原飼養鳥類「悉放之山林」（《魏書．文成文明皇后傳》），鷹師曹所掌地區原為皇帝打獵場所，面積廣大自不待言，除建造寺院之外，必有大批可供耕作的用地。隋文帝亦曾賜少林寺屯地一百頃：

開皇中有詔，二教初興，四方普洽。山林學徒，皈依者眾。其柏谷屯地一百頃，宜賜少林寺。（《金石萃編．少林寺碑》）

帝王不但賜贈佛寺財物、土地、田莊，甚至亦賜與寺院供灑掃雜役、耕作勞動的寺戶（其實就是寺奴）。如前述北魏文成帝時沙門統曇曜曾奏請立「僧祇戶」，同時又：

請民犯重罪及官奴以為「佛圖戶」，以供諸寺掃灑，歲兼營田輸粟。（《魏書·釋老志》）

朝廷將犯重罪者和官奴等交給寺院管理，使寺院擁有可供雜役或田耕等生產勞動的人手，不但讓寺院直接掌握部分經濟力量，同時也省去管理這些反抗性強烈的下層民眾的責任。

南朝也有類似「佛圖戶」的寺戶，稱作「白徒」、「養女」，據《南史》所載，梁時郭祖深曾上書批評武帝佞佛曰：

都下佛寺五百餘所，窮極宏麗，僧尼十餘萬，資產豐沃。所在郡縣，不可勝言。道人又有白徒，尼則皆畜養女，皆不貫人籍，天下戶口幾亡其半。而僧尼多非法，養女皆服羅紈，其蠹俗傷法，抑由於此。請精加檢括，若無道行，四十已下，皆使還俗附農。罷白徒、養女，聽畜奴婢。婢唯著青衣，僧尼皆令蔬

食。如此，則法與俗盛，國富人般。（《南史・郭祖深傳》）

這些不列入國家戶籍的白徒和養女，顯然為寺院私屬的人口，據郭祖深所言，他們多半是自願投入寺院從事雜役和勞動，但亦有由官方賞賜白徒的例子，如僧䂮掌僧錄後，姚興除「傳詔羊車二人」之外，並於弘始七年（西元四〇五年）「敕加親信、仗身、白徒和三十人」（《高僧傳・僧䂮傳》）。隋文帝亦曾賜民戶供寺院雜役之用：

至十二年（指隋文帝開皇十二年）……敕賜水田二頃五十畝，將充永業。寺側近封五十戶，以充灑掃。（註一九）

由上述六朝時期諸帝王對寺院經濟上的各種補助和賜贈，可見當時佛教的興盛情形，亦可知佛教經濟逐漸形成並壯大的部分原因。

## 二、各階層信眾的布施

六朝佛教信徒無論是貴族名士或文人士大夫，甚至是一般平民百姓，常以向寺院布施財物的方式，表達奉佛的虔誠。尤其是在帝王倡導佛教的帶領下，各階層信眾的布施風氣都極為盛行。如梁中大通時（西元五二九～五三四年），武帝曾至同泰寺設無遮大會，並親講《摩訶般若經》，大會期間，上自皇帝下至平民百姓，皆布施大量財物：

> 皇帝捨財，遍施錢絹銀錫杖寺物二百一種，值一千九十六萬。皇太子……施僧錢絹值三百四十三萬。六宮所捨，二百七十萬。……是時朝臣至於民庶，並各隨喜，又錢一千一百一十四萬。（《廣弘明集．卷二十二》）

除一般財物布施外，擁有土地的地主也常施捨宅舍或土地入寺，如劉宋時的到溉

> 初與弟洽恒共居一齋，洽卒後，便捨為寺。蔣山有延賢寺，溉家世所立。溉得祿俸，皆充二寺。因斷腥膻，終身蔬食。別營小室，朝夕從僧徒禮誦。（《南史．到彥之傳》附〈到溉傳〉）

到溉不但將宅舍施捨給佛寺，連為官的祿俸也布施於寺院中，自己只能以一間小屋容身而別無家產，其信仰的虔誠可見一斑。又如梁時何敬容家族皆虔信佛法，不但建立塔

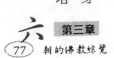

寺，還捨宅舍、田產入寺：

何氏自晉司空充、宋司空尚之奉佛法，並建立塔寺，至敬容又捨宅東為伽藍，趨權者因助財造構，敬容並不拒，故寺堂宇頗為宏麗。時輕薄者因呼為「眾造寺」。及敬容免職出宅，止有常用器物及囊衣而已，竟無餘財貨，時亦以此稱之。敬容特為從兄胤所親愛，胤在若邪山嘗疾篤，有書云：「田疇館宇悉奉眾僧，書經並歸從弟敬容。」（《南史．何尚之傳》附〈何敬容傳〉）

何氏一族建寺、布施不遺餘力，乃致何敬容辭官出宅後「竟無餘財貨」，一貧如洗至「止有常用器物及囊衣而已」。其從兄何胤病危時分配遺產，也只把書經留給鍾愛的從弟，至於田產、宅舍則全部施捨給佛寺。南朝時布施風氣之盛，由此可知。北朝情況亦復相同。據《魏書．釋老志》所載，北魏孝文帝時：

內外之人，興建福業，造立圖寺，高敞顯博……貧富相競，費竭財產。

施捨錢財、土地、宅舍入寺者，不勝枚舉，《洛陽伽藍記．序》形容其布施盛況云：

> 逮皇魏受圖，光宅嵩洛，篤信彌繁，法教愈盛。王侯貴臣，棄象馬如脫屣，庶士豪家，舍資財若遺跡，於是招提櫛比，寶塔駢羅。

除士族文人、地主富豪外，也有一般貧民百姓自願把土地交給寺院，並投附佛寺淪為寺領人戶。桓玄〈與僚屬沙汰僧眾教〉云：

> 京師競其奢淫，榮觀紛於朝市……避役踵於百里，逋逃盈於寺廟。乃至一縣數千，猥成屯落。（《弘明集．卷一》）

這主要是因為在帝王貴族的崇信佛教下，佛教僧尼擁有免賦租稅徭役的特權，而一些不堪沈重賦稅壓力的貧民，遂紛紛投附於寺院，以規避課稅逃罪。故《魏書．釋老志》云：

> 愚民僥倖，假稱入道，以避輸課。

又載：

正光（北魏孝明帝年號，西元五二〇～五二五年）已後，天下多虞，王役尤甚，於是所在編民，相與入道，假慕沙門，實避調役，猥濫之極。

這些貧民百姓「竭財以赴僧，破產以趨佛」（《梁書．范縝傳》附〈神滅論〉），為逃避租稅徭役而不惜歸附佛寺，成為寺院中的勞動力量，也加速了寺院經濟的發展。

## 三、寺院產業的經營

六朝時期寺院的經濟雖大都仰賴官方補助和信眾的布施，但也因此擁有所謂的「常住」，也就是屬於僧眾公有的資財，這包括眾僧廚庫、寺舍、眾具、華果、樹林、田園、僕畜等。寺院以這些常住，開始寺領的產業經營，以寺領的勞動人口耕作田地、種植果樹等，自力經營使得原本仰賴補助、布施的寺院，本身也開始擁有穩固的生活經濟來源。

《續高僧傳．慧冑傳》載：

……後住京邑清禪寺，草創基構，並用相委。……堂殿院宇，眾事圓成。所以竹樹森繁，園圃周遶。水陸莊田，倉廩碾磑。庫藏盈滿，莫匪由焉。

又，〈道英傳〉有：

晚還蒲住普濟寺，置莊三所。麻麥粟田，皆在夏縣東山深隱之所。

在寺院所擁有的產業中，田地可供耕作，竹樹果園可植竹栽果，碾磑可碾米、製麵粉，這些不但可供寺院本身自給自足，更可販售營利成為寺院經濟的生財工具。《世說新語．排調篇》有：「支道林因人就深公買印山。」深公即東晉名僧竺法深，他所居的印山是其私產，支道林也欲在此居住，則須先向他求買，這已是一種土地買賣的經營。十六國時僧人道恒著〈釋駁論〉，曾提及寺僧的經濟活動：

營求孜孜，無暫寧息。或墾殖田圃，與農夫齊流，或商旅博易，與眾人競利……或聚畜委積，頤養有餘。（《弘明集．卷六》）

可見六朝時的寺院經濟，是朝向多元的綜合經營。現代學者謝重光對中國中古佛教寺院和寺院經濟頗有研究，他在〈晉～唐時期的寺院莊園經濟〉一文中，曾針對寺院的產業結構研究，說道：

> 東晉南朝寺院經濟的產業構成，是包括了農、林、果、牧各種門類，有的甚至與造作器物的手工業生產相聯繫，形成了一個有一定的設備內容的多種經營的自然經濟體系。……北朝的大型寺院，其產業構成也包括房舍、農田、園池、竹木、果菜、碾磑等多種內容，進行綜合經營。（註二〇）

寺院擁有大量金銀錢絹等財物，又有土地和勞動人手可以生財，寺院經濟自然日益壯大發達，並累積成大量的財富，這些財富有的用於購買土地，有的用於經商貿易，有的甚至開始經營類似高利貸的借貸業務。其借貸形式有典當式的質舉，如《南齊書．褚澄傳》云：

> 淵薨，澄以錢萬一千，就招提寺贖太祖所賜淵白貂坐褥，壞作裘及纓，又贖淵介幘犀導及淵常所乘黃牛。（《南齊書．褚淵傳》附〈褚澄傳〉）

《南史．孫甄彬傳》亦載：

> 法崇孫彬。……嘗以一束苧就州長沙寺庫質錢，後贖苧還，於苧束中得五兩金，以手巾裹之，彬得，送還寺庫。道人驚云：「近有人以此金質錢，時有事不得舉而失。檀越乃能見還，輒以金半仰酬。」往復十餘，彬堅然不受，因謂曰：「五月披羊裘而負薪，豈拾遺金者邪。」卒還金。

另外還有以契約為憑的舉貸。如《北史．蘇瓊傳》載：

> 道人道研為濟州沙門統，資產巨富，在郡多出息，常得郡為徵。及欲求謁，度知其意，每見則談問玄理。研雖為債數來，無由啟口。……師徒還歸，遂焚責券。

由上述記載中得知，寺院「寺庫」經營典當業務，其典當的抵押物除黃金和一些貴重物品外，還包括牲畜、苧束等物，而道研放債取利竟得仰賴官府助其收徵債款，可見寺院生財的門類繁多，也反映出當時寺院資產的豐厚。

## 注釋

註一　彭耀、李成棟：〈中國封建社會中宗教與王權政治的關係〉，《世界宗教研究》，一九九三年第三期，總號五三期），頁五一。

註二　同註一，頁五一～五二。

註三　本節諸帝王提倡佛教之事，主要參考湯用彤：《漢魏兩晉南北朝佛教史》（上下冊）（臺北．臺灣商務印書館，民國八十年九月臺二版）、任繼愈主編：《中國佛教史》（第一～三卷）（北京．中國社會科學出版社，一九八五年六月）、鎌田茂雄著／關世謙譯：《中國佛教通史》（第一～四卷）（高雄．佛光出版社，民國七十四年九月）、藍吉富：《隋代佛教史述論》，（臺北．臺灣商務印書館一九九三年十月，二版一刷），以及王志平：《帝王與佛教》（北京．華文出版社，一九九七年一月一版一刷）、煮雲法師：《皇帝與和尚》（高雄．佛光出版社，民國八十年三月三版）等書。

註　四　請參見本書第二章、第二節〈佛教思想的發展〉：三、自立期──東晉時期。此處不再贅述。

註　五　參考洪師順隆：〈梁武帝作品的宗教風貌〉（臺北．《國立編譯館館刊》，民國八十六年十二月，第二十六卷第二期），頁七二～七五。方立天：〈梁武帝蕭衍與佛教〉（北京．《世界宗教研究》，一九八一年第四期），頁一八～二〇。任繼愈主編《中國佛教史》第三卷（同註三），頁一八～二二。

註　六　參考劉精誠：《魏孝文帝傳》，（天津人民出版社，一九九三年十二月一版一刷），〈十五、崇尚佛教〉，頁二六七～二七八。

註　七　見藍吉富：《隋代佛教史述論》，（同註三），頁二所引。其注曰碑題全銜為「大隋河東郡首山栖巖道場舍利塔之碑」。

註　八　見湯用彤：《漢魏兩晉南北朝佛教史》下冊（同註三），頁五四四。

註　九　見《廣弘明集．卷十七》〈隋高祖立佛舍利塔詔〉。

註一〇　以上參考註七，頁一～一七。

註一一　參考謝重光、白文固：《中國僧官制度史》（西寧．青海人民出版社，一九九〇年八月，一版一刷），第一章〈僧官制度的產生〉，頁一～一六。

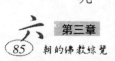

註一二　見任繼愈主編：《中國佛教史》（第三卷）（同註三），頁八四。

註一三　本節士大夫信仰佛教之事，主要參考湯用彤：《漢魏兩晉南北朝佛教史》（上下冊）、任繼愈主編：《中國佛教史》（第二—三卷）、鎌田茂雄著／關世謙譯：《中國佛教通史》（二—三卷）、藍吉富：《隋代佛教史述論》（以上同註三）等書。

註一四　見湯用彤：《漢魏晉南北朝佛教史》（上冊）（同註三），頁一五三。

註一五　參考孔繁：〈從《世說新語》看名僧和名士相交遊〉（北京．《世界宗教研究》，一九八四年第四期），頁一五。

註一六　見鎌田茂雄著／關世謙譯：《中國佛教通史》（第三卷）（同註三），頁一五一。

註一七　〈三破論〉原文已佚，散見於劉勰〈滅惑論〉與釋僧順〈釋三破論〉，二文皆見於《弘明集．卷八》。

註一八　本節主要參考高敏：《魏晉南北朝經濟史》（上冊）（上海．人民出版社，一九九六年九月一版一刷），頁四一五～四四九；韓國磐：《南北朝經濟史略》（廈門大學出版社，一九九〇年十月一版一刷），頁一四八～一五六、頁三三二～三五一；謝重光：《漢唐佛教社會史論》（臺北．國際文化事業公司，一九九〇年五月初版），頁一

～一六〇；任繼愈主編：《中國佛教史》（第三卷）（同註三），頁八四～九三；藍吉富：《隋代佛教史述論》，頁一〇八～一一七。

註一九　見嚴可均校輯：《全上古三代秦漢三國六朝文．全隋文．卷二十八》（台北．世界出版社，民國五十二年二月二版）所引《宣城總集》。

註二〇　見謝重光：《漢唐佛教社會史論》（同註一八），頁四～五。

# 第四章 六朝詩歌中的佛教思想風貌

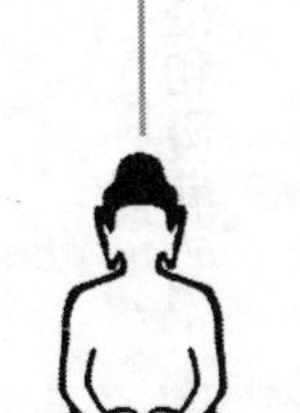

宗教與詩歌的關係可說是密切而又複雜的。宗教是社會意識形態之一，同時也是一種社會文化現象，深深影響著人們的社會生活與思想行為，成為人類生活中極其重要的一部分。而文學正是以表現生活為能事，尤其是詩歌，它運用文字與音韻的美來表現作者對社會生活和大自然的領會、情感、經驗和意志，是詩人藉以反映情感思想與生活體驗的表達方式之一，成為詩人心靈和意識的外化，所以宗教自然也就成為詩歌所要反映的生活內容的一部分了。

我們由六朝的詩歌中去探尋佛教的蹤跡，觀察詩人透過詩歌作品所展現出來的佛教的多樣風貌，發現佛教對詩歌的影響並不限於佛教詩歌，在一些非宗教的詩歌中，亦可見到佛教的蹤跡。本章乃是就思想層次去分析探討六朝中含有佛教語言、意識和思想的詩作，從而概括出整個六朝詩歌中的佛教思想風貌。

# 第一節　六朝詩歌中的三教交融

佛教自傳入中國後，就不斷的與中國傳統文化相交涉，經過初期的迎合依附階段，逐漸與我國固有思想文化相融合，更在六朝一片儒、道會通的玄風中乘勢而起，成為足以與儒、道鼎足而三的宗教勢力。而就在三教相互衝突排斥的過程中，儒、釋、道三者本身的思想內涵也產生不少的衝擊和交流，使三教彼此在不同程度上相互融合，展現出豐富的宗教交融風貌。

## 一、佛、道交融的詩作

佛教在傳入中國之初，是依附在當時盛行的黃老道術之下，才得以傳播和發展的，在當時的奉佛者眼中，佛教只是神仙道術的一種，他們把釋迦牟尼和作為道家始祖的黃帝、老子相提並論，同列為祠祀崇拜的對象。至魏晉時期，在當時崇尚玄學的社會風氣影響之下，佛教的發展無論是在佛經翻譯或義理理解方面，都受到老莊道家的影響，而帶有部分的玄學色彩。加上清談之風盛行，名士與僧人的交遊頻繁，這也成為當時佛學與玄學交融的主要因素之一。這樣的宗教交流表現於詩歌之中，自然也就呈現了佛、道語言相互轉用，玄、佛思想彼此融攝的風貌了。

東晉時士大夫郗超（西元三三六～三七七年），因受名僧支遁的薰陶而學佛信佛，其〈答傅郎詩六章〉其一云：

> 森森群像，妙歸玄同。原始無滯，孰云質通。悟之斯朗，執焉則封。器乖吹萬，理貫一空。（《逯書・晉詩・卷十二》，頁八八八）

詩中說萬物群像皆與道混同一致，同具「空」理。詩主旨在講佛理，所指的道自然是佛道，但郗超卻使用了玄學的語言——「玄同」來說明。玄同意指冥默中與道混同為一，語出《老子》：「塞其兌，閉其門，挫其銳，解其紛，和其光，同其塵，是謂玄同」。

玄佛相互融攝之跡可見一斑。

東晉穆帝（西元三四四～三六一年）時，士大夫張翼與僧人竺法頵、康僧淵交遊甚密，彼此互有詩作贈答，在這些詩篇中，亦可見玄佛交融的情形。張翼之詩最早見錄於《廣弘明集》卷三十，題作「陳張君祖」，《詩紀》依其詩作「恬淡雅逸有晉風」，而疑為晉世之人。逯欽立輯《晉詩．卷十二》時，依《法書要錄》及《世說新語》所載，而將張詩列入晉代（註一）。其〈贈沙門竺法頵詩三首〉其三云：

> 邈邈慶成標，峨峨浮雲嶺。峻蓋十二嶽，獨秀閻浮境。丹流環方基，瑤堂臨峭頂。淵滋甘泉液，崖蔚芳芝穎。翹翹羨化倫，眇眇陵巖正。肅拱望妙覺，呼吸晞齡永。苟能夷沖心，所憩靡不淨。萬物可逍遙，何必棲形影。勉尋大乘軌，練神超勇猛。（《逯書．晉詩．卷十二》，頁八九三）

這首詩是張翼為送沙門竺法頵遠還西山所贈之詩三首中的第三首，主要在讚美竺法頵的智慧和功德，並勸勉他改從大乘菩薩行。「邈邈慶成標」至「崖蔚芳芝穎」八句，在描寫竺法頵所要還歸的居處西山。「閻浮」，閻浮提的簡稱，指人類生活的世界。詩中將西山稱為人類世界中最美好的樂土：紅色寺牆如流水般環繞著方丈靜室，碧玉般雅致的禪房高踞在峭峰之上，澗溪中流淌著玉液瓊漿，幽谷中奇花穎果蔚然芬芳，勾勒出一幅遠離塵囂、清新寧靜的優美境地，也點明竺法頵遠避人世、自求超脫的修行方式。「翹翹羨化倫」以下四句，則描寫竺法頵的修持情形，棲身於這片美境之中，朝夕與大自然同俯仰、共呼吸，觀想自然萬物的運化變動，進而使內心與自然和諧為一，成為真正的方外之人。然而詩人對竺法頵超然世外、獨居山林的修鍊方式並不贊同。他認為小乘的教義在求得個人精神生活的自由，不合佛家慈悲的初衷，而主張行大乘教義，無所謂出世、在世，即無差別地看待世界，求得解脫的關鍵不在嚴格的出家修行生活，而是在於主觀的修養，才能真正通達於佛道。所以他在最後勸勉竺法頵要「勉尋大乘軌，練神超勇猛」。詩中不但明白使用語出《莊子》的「逍遙」一詞，且大乘這種「平等一心」、「無所分別」的觀念，與老子的「玄同」、莊子的「齊物」，及玄學家主張的「雖在廟堂之上，然心無異於山林之中」的思想，亦有其共通與一致之處，玄機和禪理的相互參融，在這首詩裡得到充分的反映。張翼另有一首〈答康僧淵詩〉，也是將玄言與佛理雜糅並舉的：

……蔚蔚沙彌眾，粲粲萬心仰。誰不欣大乘，兆定於玄曩。……眾妙常所晞，維摩余所賞。……（《逯書．晉詩．卷十二》，頁八九三～八九四）

詩句中的「大乘」自是指大乘佛教，「玄曩」則是指遙遠的曩昔。「眾妙」一詞，語出於《老子．第一章》：「玄之又玄，眾妙之門」；「維摩」則是《維摩詰經》中的主角維摩詰，他是一位修行大乘佛法的居士，為佛典中現身說法、辯才無礙的代表人物。

再看東晉名僧支道林（名遁），他好談玄理，與當時的名士如王洽、殷浩、許詢、郗超、孫綽等人都過從甚密，《世說新語》中常提及這位沙門，將他形容成一個名僧兼名士的典型。支遁現存詩十七首，以表現佛理為主，詩中亦雜有玄言，並間以描述山水景物。如其〈八關齋詩三首〉其三：

靖一潛蓬廬，愔愔詠初九。廣漠排林篠，流飆灑隙牖。從容遐想逸，採藥登祟阜。崎嶇升千尋，蕭條臨萬畝。望山樂榮松，瞻澤哀素柳。解帶長陵岥，婆娑清川右。泠風解煩懷，寒泉濯溫手。寥寥神氣暢，欽若盤春藪。達度冥三才，怳惚喪神偶。遊觀同隱丘，愧無連化肘。（《逯書．晉詩．卷二十》，頁一〇八

〇）

「八關齋」，佛家語，即「八關齋戒」，簡稱「八戒」。其內容為不殺生、不偷盜、不淫欲、不妄語、不飲酒、不眠坐高廣華麗之床、不裝飾打扮及觀聽歌舞、不食非時食。前七項為「戒」，最後一項為「齋」，八關齋戒是佛教在家信徒所過的一種宗教修習的生活，不要求終身受持，而是臨時奉行，時間可長可短，最短一晝夜，長則可達數日或數十日。支遁這組〈八關齋詩〉共三首，詩前有序云：

> 間與何驃騎期，當為合八關齋。以十月二十二日，集同意者在吳縣土山墓下，三日清晨為齋始。道士白衣凡二十四人。清和肅穆，莫不靜暢。至四日朝，眾賢各去，余既樂野室之寂，又有掘藥之懷，遂便獨住。於是乃揮手送歸。有望路之想，靜拱虛房，悟外身之真。登山採藥，集巖水之娛，遂援筆染翰，以慰二三之情。（《逯書．晉詩．卷二十》，頁一〇七九）

在這第三首詩中，支遁並未言及齋事，他獨自在此幽居數日，優游於秀麗景物之中，這首詩便是寫他獨住於此的生活。

從「靖一潛蓬廬」到「流飆灑隙牖」四句，寫他在蓬廬居所的生活。「初九」即《周易．乾．初九》：「潛龍勿用。」這裡代指「三玄」之一的《周易》。自「從容遐想逸」至「欽若盤春藪」十二句，言作者沿著崎嶇的山路登山採藥，面對山上的自然景物不禁觸景生情，而在這有「長陵」、「清川」、「泠風」、「寒泉」的山水之間，自然感到神清氣爽、無限舒暢。三才，指天、地、人。《周易．說卦》：「主天之道，曰陰曰陽；立地之道，曰柔曰剛；立人之道，曰仁與義。」連化肘，指連續點化眾生使之悟道而脫離苦海的手段。肘在這裡作動詞用，以肘觸人。最後四句，作者由遊興轉而冥思，進而抒發內心的感歎，可惜自己並沒有點化眾生皆入佛道的能力。支遁在這首詩中，將佛理與玄言摻入山水的吟詠之中，孫昌武在《佛教與中國文學》一書中說他：

> 把佛理引入文學，用文學形式來表現，他有開創之功。……他融玄言佛理於山水之中，開模山範水之風，功績是不可滅的。（註二）

此詩便是最佳例證之一。其他如康僧淵〈代答張君祖詩〉、支遁〈詠懷詩五首〉其二、其三、王筠〈和皇太子懺悔詩〉等（註三），也都是以說佛理為主，而雜有玄言詞語的詩作。

既有以說佛理為主，而雜以玄言的詩歌，自然也有以道教思想為主，而出現佛家語彙的作品。如楊羲〈十月十五日右英夫人說詩令疏四首〉其三〈西域真人王君常吟詠〉即是一例：

> 形為渡神舟，薄岸當別去。形非神常宅，神非形常載。徘徊生死輪，但苦心猶豫。（《逯書．晉詩．卷二十一》，頁一一一六）

這是一首討論形、神問題的詩歌。作者以「舟」、「宅」為喻，說明形、神無法永遠結合不離，如同渡神之舟，「薄岸」自當「別去」，故可知「形非神常宅，神非形常載」。生討論至此，關於形神問題，佛道的觀念應該是相同的，即認為形體會滅而精神不滅。生死輪，即指佛教所說的生死輪迴。道教主張人可藉修真而得道，進而羽化成仙，達到長生不老、永享仙福的境界。而佛教的生死輪迴之說則令人「猶豫」不安，「徘徊」在生死輪迴之間又苦不堪言，故對於佛教的說法不敢苟同。這首詩雖然使用了佛教的語彙，但主要卻是在說明道教優於佛教。

由此可知，佛、道兩教雖然有相通之處，但在某些觀點上則又存在著分歧點，甚而導致兩教間的論爭與抗衡。《老子化胡經》一書即是在佛道相爭的過程中，道教徒為攻擊佛教而產生的作品。《老子化胡經》以老子入天竺成浮屠之說，來證明老子比佛陀更為優越，所以《老子化胡經》主要是為了凸顯道教的優越性而製作的。《老子化胡經》卷十為〈玄歌〉，據逯欽立考證為北魏太平真君七年（西元四四六年）以後至齊周之間的作品（註四），逯欽立輯《先秦漢魏晉南北朝詩》時，將之歸入《北魏詩．卷四》。其中〈化胡歌七首〉及〈老君十六變詞〉（註五）中，皆雜有大量佛教語彙。如〈化胡歌七首〉其一：

我往化胡時，頭載通天威。金紫照虛空，𦦨𦦨有光暉。胡王心憒戾，不尊我為師。吾作變通力，要之出神威。麾月使東走，須彌而西頹。足淤蹹軋巛，日月左右迴。天地晝闇昏，星辰𠀤差馳。眾災競地起，良醫絕不知。胡王心怖怕，叉手向吾啼。作大慈悲教，化之漸微微。落簪去一食，右肩不著衣。男曰憂婆塞，女曰憂婆夷。化胡令賓服，遊神於紫微。

此詩寫老子西去化胡，使胡邦賓服的經過。頭四句寫西去化胡時的威儀；自「胡王心懭戾」至「叉手向吾啼」十四句，寫胡王原不尊信老子，後經老子顯示各種神通，遂使之害怕而信服。最後八句則是寫老子在胡地「作大慈悲教」（即指佛教），使眾胡人漸受感化而信服。憂婆塞、憂婆夷皆為梵語的音譯，分指受持佛教五戒的在家男子和女子，有親近三寶，奉事如來之義。此詩明顯是以老子西去教化胡人，來顯示道教優於佛教。

佛道二教經過長期的抗論、消長，自然地走向相互吸收、融會的道路，當時統治者的崇道奉佛成為一種普遍的趨勢。而這種現象亦一一反映在詩歌之中，如沈約〈遊鍾山應西陽王教詩五章〉，就是將佛道思想熔鑄於一爐的詩作：

靈山紀地德，地險資岳靈。終南表秦觀，少室邇王城。翠鳳翔淮海，衿帶遶神坰。北阜何其峻，林薄杳蔥青。

發地多奇嶺，干雲非一狀。合沓共隱天，參差互相望。鬱律構丹巘，崚嶒起青嶂。勢隨九疑高，氣與三山壯。

即事既多美，臨眺殊復奇。南瞻儲胥觀，西望昆明池。山中咸可悅，賞逐四時移。春光發隴首，秋風生桂枝。

多值息心侶，結架山之足。八解鳴澗流，四禪隱巖曲。窈冥終不見，蕭條無可欲。所願從之遊，寸心於此足。

君王挺逸趣，羽旆臨崇基。白雲隨玉趾，青霞雜桂旗。淹留訪五藥，顧步佇三芝。於焉仰鑣駕，歲暮以為期。（《逯書．梁詩．卷六》，頁一六三二～一六三三）

沈約這首詩寫於二十一歲之時，是他在隨從宋西陽王劉子尚至建康城東郊的鍾山遊覽時所作，也是他詩集中最早的作品。詩人在作品中透露出憧憬隱逸之心，但同時又用佛家語，是一首佛道雜糅的作品。起首四句是描述遊歷鍾山、南山、少室等地的風景特徵。而自「翠鳳翔淮海」至「秋風生桂枝」二十句，則全寫鍾山風景之美秀。「多值息心侶」

至「寸心於此足」八句，寫出遊覽鍾山前所生的願望。「八解」、「四禪」皆為佛家修行語，八解即八解脫，指解脫三界煩惱的八種禪定之法：一至三的三種解脫，屬於色界的修定工夫，是對有色（即外在一切物質及現象）的解脫，一心觀想光明，使貪念無由生起；四至七的四種解脫則屬無色界的修定工夫，在修定時觀想苦、空、無常、無我，使心願意捨棄一切而解脫。八是滅受想定，因人若有眼耳鼻舌身五根，就會領受色聲香味觸五塵，進而生出種種妄想，故要修滅除受想的定功，使一切皆可滅除，所以又叫作滅盡定。四禪則是指四禪定，即四種修之可以至色界四禪天（註六）的禪定工夫。而其「窈冥終不見，蕭條無可欲」二句，則是用《老子．二十一章》：「道之為物……窈兮冥兮，其中有精。」及第三章：「不見可欲，使民心不亂」之義。而最後八句，則是以興奮的筆調，描述終於上得鍾山採五藥的喜悅，又希望將來歲暮之時，能隱棲於鍾山終老。詩中所提及的「五藥」、「三芝」，皆與仙藥之服食風氣有關，則又可證明其受到神仙道教的影響。綜上所述可知，此詩中使用佛家修行語，並闡揚老子書中之義，且藉仙丹妙藥的追求表現出對神仙道教的崇信，確實是一首鎔佛、道二教思想於一爐的篇什。

北周．庾信〈奉和闡弘二教應詔詩〉則更形象地表現了佛、道二教融合的情形。其詩云：

五明教已設，三元法復開。魚山將鶴嶺，清梵兩邊來。香煙聚為塔，花雨積成臺。空心論佛性，貞氣辨仙才。露盤高掌滴，風烏平翅迴。無勞問待詔，自識昆明灰。（《逯書．北周詩．卷二》，頁二三六二）

「五明」，佛教所說的古印度五種學問，即聲明、工巧明、醫方明、因明、內明。據唐玄奘《大唐西域記．印度》載：「七歲以後，漸授五明大論：一曰聲明，釋詁訓字、詮目疏別。二曰工巧明，伎術機關，陰陽曆數。三曰醫方明，禁呪閑邪，藥石針艾。四曰因明，考定正邪，研覈真偽。五曰內明，究暢五乘因果妙理。」（註七）「三元」，道教稱天、地、水為三元。「魚山」，《法苑珠林．卷四十九》：「（陳思王曹植）嘗遊魚山，忽聞空中梵天之響，清雅哀婉，其聲動心，獨聽良久……乃摹其聲節，寫為梵唄，撰文製音，傳為後式。梵聲顯世，始於此焉。」（註八）後遂用為詠佛教梵唄的典實。「鶴嶺」，指仙道所居的山嶺。詩的開頭四句，寫北周統治者既奉佛法，又信道教，使得「清梵」皆來。「香煙」兩句寫佛法的高弘，猶如香煙浮而成塔，花雨落而積臺。「空心」兩句先承前說佛，繼而啟後寫道。「露盤」兩句寫天降仙液，國運祥和。最後兩句則指出統治者通達佛道二教之旨，不須垂問臣下，自可領悟一切。庾信這首詩在表現闡弘佛道二教的主旨時，能夠二教兼論，分筆合寫，兼顧二教之義，又能有條不紊，深刻的反映出當時統治者對宗教抱持的態度。除上述詩作外，史宗〈詠懷詩〉、庾信〈喜晴應詔敕自疏韻詩〉等（註九），也是同時將佛道思想熔鑄於詩中的作品。

## 二、佛、儒會通的詩作

雖說六朝正是玄學大暢其風的時期，相對而言儒學就顯得較為式微，但儒學畢竟為我國傳統文化中的主流，它對文人士大夫所具有的影響力仍是不容忽視的。正如同佛教思想與道教思想的相互排斥、抗爭而又彼此吸收、融合一樣，佛教以一外來宗教的身份，與中國固有的傳統文化思想——儒家學說之間，也存在著彼此抗爭而又相互會通的關係。而這樣的思想交流，也一一反映在詩人的作品之中，只是在玄風正熾的當時，純粹佛儒會通的詩作並不多見，但仍可覓得其蹤跡，如梁武帝蕭衍的〈贈逸民詩十二章〉其五、昭明太子蕭統的〈和武帝遊鍾山大愛敬寺詩〉及〈東齋聽講詩〉、江總的〈明慶寺詩〉等（註一〇），皆屬此類作品。

蕭衍〈贈逸民詩十二章〉其五云：

> 仁者博愛，大士兼撫。慈均春陽，澤若時雨。心忘分別，情無去取。等皆長養，同加嫗煦。譬流趨海，如子歸父。

大士乃佛教對菩薩的通稱，亦專指觀世音菩薩。梁武帝在這首詩中，將儒家仁者的博愛和佛教大士的慈悲等同齊觀，認為二者不必加以「分別」和「去取」。再看蕭統的〈東齋聽講詩〉：

> 昔聞孔道貴，今覩釋花珍。至理乃悟寂，承稟實能仁。示教雖三徹，妙法信平均。信言一鄙俗，延情方慕真。庶茲祛八倒，冀此遣六塵。良思大車道，方願寶船津。長延永生肇，庶廱諒徐陳。是節朱明季，灼爍治渠新。霏雲出翠嶺，涼風起青蘋。既飡甘露旨，方欲書諸紳。

這首詩雖然是表示東齋聽聞佛法後，對佛教的信服與崇敬，但由「昔聞孔道貴」、「承稟實能仁」二句，不難看出蕭統對於傳統儒家學說仍未捨棄，在其思想觀念中，儒、佛思想是並存的。江總〈明慶寺詩〉云：

十五詩書日，六十軒冕年。名山極歷覽，勝地殊留連。幽厓聳絕壁，洞穴瀉飛泉。金河知證果，石室乃安禪。夜梵聞三界，朝香徹九天。山階步皎月，澗戶聽涼蟬。市朝霑草露，淮海作桑田。何言望鍾嶺，更復切秦川。

這是首頌揚佛寺的作品，詩中描繪明慶寺的幽深清靜，感歎其為「安禪」修行的好處所，而自己則身陷塵世無法脫身。詩人於起首二句，述其一生經歷。「十五詩書日」顯然是從《論語‧為政篇》：「吾十有五而志于學」一語化出，表示詩人早年接受的是儒家的教育。「六十軒冕年」則是寫自己終於取得功名富貴，也說明詩人未能擺脫世俗名祿的羈絆。自「名山極歷覽」至「澗戶聽涼蟬」十句，則是對明慶寺的描述。「金河」，即金流，印度恆河支流尼連禪河的別稱。釋迦牟尼放棄苦行時，曾至此沐浴，淨身後接受牧女乳糜之供養，後至河之對岸畢缽羅樹下，端坐思惟，而得成正覺。「證果」，即正果，指修習佛道有所領悟。「三界」指欲界、色界、無色界。「九天」，指天空最高處。這幾句詩寫明慶寺位於「名山」，是值得「歷覽」、「留連」的「勝地」，它四周的景色幽靜，猶如「金河」可得「證果」，「石室」正好修行坐禪。佛寺中念誦之聲不絕，供奉香火鼎盛，夜間行於山路石階，寂靜中偶有數聲秋蟬，詩人為明慶寺描繪出一幅寂靜清幽的景致。而最後「市朝霑草露」四句，詩人感歎人生確如「霑草露」，滄海桑田，轉眼變異速逝，而自己身陷於塵俗之中，只能望「鍾嶺」而興歎，徒有羨慕禪修之情。

## 三、三教融合的詩作

佛教在兩晉時期乘玄風之盛而得以發展，終而形成與儒、道二教競馳的局勢，至南北朝時，三教間的相互交流與融合更已是無可避免的趨勢。當時的帝王公卿、文人名士，甚至是道人僧徒，大都同時受到儒、釋、道三教思想的影響，尤其是文人士大夫，他們不執著於一個宗教，而是遊於三教之間，對於三教採取兼容並蓄的態度，具體的展現了三教融合的思想風貌。而這樣的宗教融合的思想風貌，自然反射於詩人的心靈明鏡——詩歌之中，在六朝的詩歌之中，亦呈現出這樣複雜而多樣的宗教風貌。

如東晉名僧慧遠的〈廬山東林雜詩〉：

崇岩吐清氣，幽岫棲神跡。希聲奏群籟，響出山溜滴。有客獨冥遊，徑然忘所適。揮手撫雲門，靈關定足闢。流心叩玄扃，感至理弗隔。孰是騰九霄，不奮沖天翮。妙同趣自均，一悟超三益。（《逯書．晉詩．卷二十》，頁一〇八五）

慧遠是一代佛學大師，為東晉著名的佛教領袖，今僅存此詩傳世，為我國詩壇上最早描繪廬山勝境的作品。廬山東林即廬山東林寺，是慧遠在江州刺史桓伊護持下建立的著名佛寺，亦成為東晉後期南方佛教的中心。慧遠此詩描寫廬山秀麗的景色，但寫作重點則是在表現自己歸心虛無、超然出世的思想。起首四句描寫廬山景色，通過對「崇岩」、「幽岫」及山中瀑布、澗流的描寫，呈現出廬山秀逸出塵的自然風光。自「有客獨冥遊」至「感至理弗隔」六句，寫冥遊而漸有所悟，詩中雖言「有客」，實是作者自己的影子。而「冥遊」即神遊；玄扃，猶言玄門，即大道之門。他遊山心神不在山水之間，而是遨遊於「靈關」、「玄扃」那樣玄寂虛空的境界，進而對佛理至道有所感悟。「孰是騰九霄」以下四句，寫自己遊山後的感懷，能領悟佛、道至理，即可超凡脫塵，猶如騰身「九霄」之上，而不需沖天長翅；而又說佛道的妙趣相同，有賴自身的體悟，一旦能有所感悟，則勝過再多他人談論。三益語出《論語．季氏篇》：「益者三友……友直、友諒、友多聞。」這裡則是指自己體悟出的道理遠比他人的談論要來得更加真切。詩人抒寫佛教與玄學的超然出世思想，又雜有儒家語言，可見是一首三教思想融合的詩歌。

再如謝靈運〈臨終詩〉、蕭衍〈會三教詩〉、蕭繹〈和劉尚書侍五明集詩〉、釋智藏〈奉和武帝三教詩〉等（註一一），也都是六朝詩歌中共用三教語言、融合三教思想的詩歌。蕭衍在〈會三教詩〉中歷敘自己少學儒、後習道、晚年崇信佛教之事，並認為三教乃同源一體，詩中不但兼有三教語言，且三教思想融合的形象更是十分明顯。釋智藏的和詩〈奉和武帝三教詩〉也呈現同樣的意象：

心源本無二，學理共歸真。四執迷叢藥，六味增苦辛。資緣良雜品，習性不同循。至學隨物化，一道開異津。大士流權濟，訓義憖星陳。周孔尚忠孝，立行肇君親。老氏貴裁欲，存生由外身。出言千里善，芬為窮世珍。理空非即有，三明似未臻。近識封歧路，分鑣疑異塵。安知悟云漸，究極本同倫。我皇體斯會，妙鑒出機神。眷言總歸轡，迴照引生民。顧惟　宿植，邂逅逢嘉辰。願陪入明解，歲暮有攸因。

作為一位佛教僧人，釋智藏卻在詩中對梁武帝三教同源之說十分贊同，故曰「心源本無二，學理共歸真」，又說「一道開異津」。他將「大士」、「周孔」、「老氏」並提，將佛教的「流權濟」、儒學的「尚忠孝」、道家的「貴裁欲」同視為本源之理，故云「安知悟云漸，究極本同倫」。「我皇體斯會」以下則是對武帝融會三教的思想大加讚美奉承，也表現出當時的人們的確同時受到三教思想的影響，就連佛門中的僧人亦對三教思想採取了兼容並蓄的態度。

## 第二節　六朝詩歌中的佛教活動反映

本節論文是專就使用佛教語言、表現佛教思想的詩歌加以分析與探討，這些詩歌，有的是宣傳演繹佛理，有的是表現崇佛的思想，還有的是在遊覽佛教建築時興起對佛教的嚮往，皆與佛教活動有關，反映出當時詩人參與佛教諸活動的風貌。現依詩歌內容主題，分為下列五類探討之（註一二）。

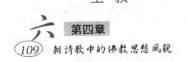

## 一、直接宣說佛理的詩歌

這類詩歌直接使用佛教的語言，呈現出宣揚佛教、論述佛理、崇信佛道的主旨，如王齊之的〈念佛三昧詩四首〉就是屬於這類的作品。現舉其四為例：

> 慨自一生，夙乏惠識。託崇淵人，庶藉冥力。思轉毫功，在深不測。至哉之念，主心西極。（《逯書・晉詩・卷十四》，頁九三九）

「惠識」即慧識。《壇經》云：「自性心地，以智惠觀照，內外明徹，識自本心，若識本心，即是解脫，既得解脫，即是般若三昧。」詩人自歎「夙乏惠識」，無法「識自本心」，故希求「託崇淵人，庶藉冥力」，希望借助佛的法力，助自己獲得解脫。最後兩句「至哉之念，主心西極」，更是明白表示出對佛教西方極樂世界的嚮往。張翼〈詠懷詩三首〉其一、〈贈沙門竺法頵詩三首〉其一、其二、鳩摩羅什〈十喻詩〉、廬山諸沙彌〈觀化決疑詩〉、王融〈法樂辭十二章〉其一、〈努力門詩〉、〈迴向門詩〉、蕭衍〈十喻詩〉、劉孝綽〈賦詠百論捨罪福詩〉、蕭綱〈和贈逸民應詔詩十二章〉其七、〈賦詠五陰識支詩〉、〈和會三教詩〉、〈水中樓影詩〉、庾肩吾〈八關齋夜賦四城門更作四首〉、何處士〈通士人篇〉、釋亡名〈五苦詩〉、〈五盛陰詩〉、無名釋〈禪暇詩〉等（註一三），皆屬此類詩歌。舉齊·王融〈法樂辭十二章〉其二為例：

天長命自短，世促道悠悠。禪衢開遠駕，愛海亂輕舟。累塵曾未極，心樹豈能籌。情埃何用洗，正水有清流。

佛教義理是要斷除由生老病死而產生的種種悲愁苦惱，以得到生死的解脫。王融這首詩正是要傳達佛教這種解脫生死痛苦的出世思想。起首四句，寫人生命之短促，塵世之不足戀，唯有依佛法修行，才能遠離生老病死的苦惱，愛恨貪嗔癡的煩擾，得到徹底的解脫。「禪衢」，指禪定修行的法門。「累塵曾未極」以下四句，詩人運用形象的比喻，宣揚佛教「常樂涅槃從實智慧生，實智慧從一心禪定生」（《大智度論·卷十七》）的思想，自淨其心，自然能無視「累塵」、「情埃」的煩擾，而達到定慧雙修的境界。

再看陳·何處士的〈通士人篇〉：

龍宮既入道，鳳闕且辭榮。禪龕八想淨，義窟四塵輕。香蓋法雲起，花燈慧火明。自然忘有著，非止悟無生。

這首詩透過描寫一位了悟佛法真諦的「通士」來宣揚佛理，表達對佛法的崇信和禮讚。「龍宮」，因佛經中菩薩多居於龍宮，如《法華經》四〈提婆達多品〉：

爾時文殊師利坐千葉蓮花，大如車輪，俱來菩薩亦坐寶蓮花，從於大海娑竭羅龍宮，自然湧出。

故詩人以「龍宮」來比喻通士的禪修處。「鳳闕」，漢代的宮闕名，這裡代指朝廷。起首二句講通士已入佛道，對於功名利祿不放在心上。「八想」，即八妄想，八種虛妄的思想（註一四）。「四塵」，即佛家所說的色香味觸。「神龕」以下四句，盛讚通士對佛法澄通徹悟，完全擯除八妄想和四塵。「法雲」、「慧火」皆用以比喻通士已達到智慧洞開的禪悟境界。最後兩句說通士的修行已「忘有著」、「非止悟無生」，而達到禪修工夫的上乘。

## 二、懺悔之詩與臨終詩

懺悔是指悔謝罪過以請求諒解。懺為梵語懺摩之略譯，及「忍」之義，即請求他人忍罪；悔，追悔、悔過之義，即追悔過去之罪，於佛、菩薩、師長、大眾面前告白道歉，以期達到滅罪的目的。依《四分律羯磨疏》卷四〈懺六聚法篇〉載，懺悔須具足五緣，即：一、迎請十分之佛菩薩；二、誦經咒；三、自白罪名；四、立誓；五、明證教理。梁簡文帝蕭綱有〈蒙預懺直疏詩〉一首，蕭衍有〈和太子懺悔詩〉，王筠亦有〈奉和皇太子懺悔應詔詩〉及〈和皇太子懺悔詩〉等唱和之作（註一五），蕭綱詩寫懺悔修持後得蒙善誘，而能發願遠離世俗的樊籠。蕭衍詩則寫太子行淨身懺悔之禮，除去宿昔罪過的功效。而王筠〈和皇太子懺悔詩〉則云：

> 習惡歸禮懺，有過稱能改。聖德及群生，唱說信兼採。翹心蕩十惡，邈誠銷五罪。三縛解智門，六塵清法海。超然故無著，逍遙新有待。

這首詩也是寫佛教懺悔修持的功效。自「習惡歸禮懺」至「六塵清法海」八句，寫行懺悔之禮，往昔之罪得以改過，經過懺悔的修持之後，能夠「蕩十惡」、「銷五罪」、解「三縛」、清「六塵」。「十惡」，又名十不善，即殺生、偷盜、邪淫、妄語、惡口、兩舌、貪欲、瞋恚、愚癡等十種作業行為。「五罪」，即五逆罪，五種極逆於理的罪惡，即殺父、殺母、殺阿羅漢、出佛身之血、破和合之僧。「三縛」，三種纏縛，即貪瞋癡的煩惱。「六塵」，指色、聲、白、味、觸、法等六塵，能污染清淨心靈，使真性無法顯發。最後兩句寫懺悔之功效猶如重新再生，而能夠「超然」、「逍遙」而「有待」。陳·江總亦有〈營涅槃懺塗作詩〉及〈至德二年十一月十二日升德施山齋三宿決罪福懺悔詩〉（註一六），亦為懺悔之詩作。

臨終詩是詩人在生命終極時面對人生的心境，有的悲歎生命的短促，有的坦然面對生命的終極，有的則抱有悲憤不甘之恨。如陳·智愷〈臨終詩〉云：

> 千月本難滿，三時理易傾。石火無恆燄，電光非久明。遺文空滿笥，徒然昧後生。泉路方幽噎，寒隴向淒清。一隨朝露盡，唯有夜松聲。（《逯書·陳詩·卷十》，頁二六二五）

智愷這首臨終之作，在面對生命終極時，除了感歎生命的短促外，同時也宣揚了佛教萬物皆空的思想。「三時」，指三時教，法相宗將釋尊一生所說的經教，判為三時：第一時教，釋尊成道之初，為破外道凡夫實我之執而說五蘊法，明我乃五蘊等法假合，若加分析，則但有法而無我，即諸法實有而我為空無。第二時教，釋尊又為破小乘眾實法之執，而說一切諸法皆空之理。第三時教，釋尊更為破除空執和有執，而說解非空非有之中道。法相宗所立之三時教，須依年月循序修行。智愷在開頭四句詩中認為：人生實在極為短促，若依三時教循序而漸修，則不待修行至「諸法皆空」之時，生命大限早已來到，所以他說：「千月本難滿，三時理易傾。」「遺文空滿笥」以下四句，寫生命終極之時，留下文章書籍也只是「徒然昧後生」罷了，在幽暗的黃泉路上，世上的一切榮辱都已湮滅，只餘一人孤身上路。最後二句以「朝露盡」和「夜松聲」比喻生命息而精神則永遠不滅。

## 三、佛教齋會、法會及受戒之詩

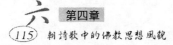

這類詩歌有的描寫佛教法會儀式、齋會經過或受戒場面，有的則是在法會、齋會後，寫下自身的感悟或心得。關於佛教齋會的詩歌，支遁有〈五月長齋詩〉及〈八關齋詩三首〉，沈約亦有一首〈八關齋詩〉（註一七），試看支遁〈八關齋詩三首〉其二：

三悔啟前朝，雙懺暨中夕。鳴禽戒朗旦，備禮寢玄役。蕭索庭賓離，飄飆隨風適。踟蹰歧路嵎，揮手謝內析。輕軒馳中田，習習陵電擊。息心投佯步，零零振金策。引領望征人，悵恨孤思積。咄矣形非我，外物固已寂。吟詠歸虛房，守真玩幽賾。雖非一往遊，且以閑自釋。

「三悔」，指佛教的三種懺法，一為作法懺，即向佛前披陳己罪；二為取相懺，即定心而行懺悔之想；三為無生懺，即正心端坐以觀無生之理。自「三悔啟前朝」至「習習陵電擊」十句，寫齋會開始至賓客離去的情形。齋會儀式始於三日清晨，繼於中夕而畢於四日的清晨（註一八），賓主各自表達惜別之情後紛紛離去，「踟蹰歧路嵎，揮手謝內析」寫離別之不捨；「輕軒馳中田，習習陵電擊」則寫車馬終究遠去。「息心投佯步」至「悵恨孤思積」四句，寫友人離去後引發的孤寂之感及失落之情。「咄矣形非我」至

「且以閑自釋」六句，則寫孤身一人靜心歸寂，進而對佛道有所體悟，終而閑釋自得。

有關受戒的詩作有蕭綱〈蒙華林園戒詩〉，及庾肩吾、釋惠令的和詩：〈和太子重雲殿受戒詩〉、〈和受戒詩〉（註一九）。試觀釋惠令〈和受戒詩〉：

> 泬寥秋氣爽，搖落寒林疏。風散飛廉雀，浪動昆明魚。是日何為盛，證戒奉皇儲。願陪升自在，神通任卷舒。

開頭四句寫重雲殿受戒當日的天氣和四周景物。後四句則寫皇儲受戒場面盛大，及受戒後的「自在」、「神通任舒卷」。

六朝關於佛教法會詩作有支遁〈四月八日讚佛說〉、〈詠八日詩三首〉及蕭統〈開善寺法會詩〉等（註二〇）。以蕭統之詩為例：

> 栖烏猶未翔，命駕出山莊。詰屈登馬嶺，迴互入羊腸。稍看原藹藹，漸見岫蒼蒼。落星埋遠樹，新霧起朝陽。陰池宿早雁，寒風催夜霜。茲地信閒寂，清曠惟道場。玉樹琉璃水，羽帳鬱金床。紫柱珊瑚地，神幢明月璫。牽蘿下石磴，

攀桂陟松梁。澗斜日欲隱，煙生樓半藏。千祀終何邁，百代歸我皇。神功照不極，睿鏡湛無方。法輪明暗室，慧海渡慈航。塵根久未洗，希霑垂露光。

此詩寫開善寺中的一次法會。自「栖烏猶未翔」至「寒風催夜霜」十句，寫自己離宮上山的情形，時間的推移，及沿途的景物。自「茲地信閑寂」至「煙生樓半藏」十句則是對「道場」的描寫，寺中建築的莊嚴、器物的精美，以及寺院四周景物的清雅幽靜，描繪出一片超然世外的景象。「千祀終何邁」以下四句轉而歌頌皇帝，在此處則顯得有點離題。而最後的「法輪明暗室，慧海渡慈航。塵根久未洗，希霑垂露光」四句，才是本詩的重點，寫主持法會的高僧如轉大法輪，普渡眾生「慈航」，使因「久未洗」而不淨的「塵根」，得「霑垂露」而澄淨。

## 四、聽講佛經的詩作

六朝詩歌中有關聽講解佛經的詩作不少，尤其大都集中在梁朝，這當然與帝王的提倡大有關係，蕭衍自信奉佛教後，就熱中於舉行法會，並為僧俗講說佛經。士大夫聽講佛經的風氣在當時極為盛行，而這也反映到詩人的作品當中，這些詩歌有的描寫聽講佛經的情形，有的抒發聽解佛經後的心得感想。如沈約〈和王衛軍解講詩〉：

> 妙輪輟往駕，寶樹未開音。甘露為誰演，得一標道心。眇眇玄塗曠，高義總成林。七花屏塵相，八解濯芳襟。（《逯書．梁詩．卷七》，頁一六六〇）

「七花」即七華，喻七覺分，又名七菩提分、七覺支、七等覺支等。是指為五根五力所顯發的七種覺悟。一、擇法菩提分，即以智慧簡擇法的真偽；二、精進菩提分，即以勇猛心力行正法；三、喜菩提分，即心得善法而生歡喜；四、輕安菩提分，即除去身心粗重煩惱，而得到輕快安樂；五、念菩提分，即時刻觀念正法，而令定慧均等；六、定菩提分，即心唯一境而不散亂；七、捨菩提分，即捨離一切虛妄的法，而力行正法。至於「八解」，曾於前節細述其義，此處不再重述。沈約這首是寫友人王衛軍聽人解經的情景。起首兩句，寫朋友乘車至林下聽講之初尚未有所得，故云「寶樹未開音」。「甘露為誰演」以下六句則是敘述聽聞講解佛經而有所妙得，正如天降「甘露」法雨，而終悟佛道。「眇眇」二句是盛讚佛法的博大精深。因有七覺分的七種覺悟，才足以辨別塵俗諸法相的真偽，而修習八解脫的八種解脫禪定的工夫，則可洗淨塵俗之心而修成正道。

除沈詩之外，六朝詩歌中有關聽講佛經的作品尚有：王融〈棲玄寺聽講畢遊邸園七韻應司徒教詩〉、謝朓〈秋夜講解詩〉、陸倕〈和昭明太子鍾山講解詩〉、蕭統〈同泰僧正講詩〉、〈鍾山講解詩〉、〈玄圃講詩〉、〈講席將畢賦三十韻詩依次用〉、蕭子顯〈奉和昭明太子鍾山講解詩〉、劉孝綽〈奉和昭明太子鍾山講解詩〉、劉孝儀〈和昭明太子鍾山講解詩〉、蕭綱〈旦出興業寺講詩〉、〈侍講詩〉等（註二一）。

## 五、遊佛寺及望浮圖詩

這類以遊佛寺、望浮圖為詩歌內容和主題的詩作，是數量最多的一類，也是具佛教語彙、思想的作品中最富有文學性的一部分，蔣述卓認為這類詩作：

它把景物的描寫與佛理的闡釋以及對佛教的崇敬心情很好地結合起來，是南朝山水詩進一步發展的一種標誌。因此，它既可以視作崇佛文學作品，也可以視作普通的文學作品。……它對唐及以後的遊寺塔詩產生了一定的影響，它的開

創性貢獻是值得重視的。（註二二）

這類詩歌數量約佔六朝詩歌中含佛教風貌的詩作的一半，如：蕭衍〈遊鍾山大愛敬寺詩〉、江淹〈吳中禮佛詩〉、劉孝綽〈東林寺詩〉、蕭綱〈遊光宅寺詩應令詩〉、〈夜望浮圖上相輪絕句詩〉、沈炯〈從遊天中寺應令詩〉、〈同庾中庶肩吾周處士弘讓遊明慶寺詩〉、陰鏗〈開善寺詩〉、徐伯陽〈遊鍾山開善寺詩〉、徐孝克〈仰同令君攝山棲霞寺山房夜坐六韻詩〉、何處士〈春日從將軍遊山寺詩〉、江總〈入龍丘巖精舍詩〉、〈明慶對詩〉、〈入攝山棲霞寺詩〉、〈遊攝山棲霞寺詩〉、〈攝山棲霞寺山房坐簡徐祭酒周尚書并同遊群彥詩〉、〈靜臥棲霞寺房望徐祭酒詩〉、蕭愨〈和崔侍中駕經寺詩〉、庾信〈和從駕登雲居寺塔詩〉、盧思道〈從駕經大慈照寺詩〉、楊廣〈謁方山靈巖寺詩〉、姚察〈遊明慶寺詩〉、薛道衡〈展敬上鳳林寺詩〉、諸葛穎〈奉和方山靈巖寺應教詩〉、孔德紹〈登白馬山護明寺詩〉（註二三）等詩，皆是結合景物描寫與佛理闡釋的詩篇。現以沈炯〈同庾中庶肩吾周處士弘讓遊明慶寺詩〉為例：

鷲嶺三層塔，菴園一講堂。馴鳥逐飯磬，狎獸繞禪床。摘菊山無酒，燃松夜有

香。幸得同高勝，於此瑩心王。（《逯書·陳詩·卷一》，頁二四四八）

沈炯這首詩寫與友人庾肩吾、周弘讓等人遊佛寺的經過及感想。「鷲嶺」，指靈鷲山，佛說法之處；「菴園」，佛說維摩詰經處，這裡都借指佛地。而「塔」、「講堂」皆為寺廟中特有的建築：前者是供奉佛骨、收藏佛經的佛教建築；後者則為寺中講經說法的大堂。詩人在頭二句連用四個佛教詞語，就是在點明遊歷之處乃屬佛門之地。「飯磬」是佛寺中僧人在開飯作為信號的擊磬聲。「禪床」則指僧人坐禪的地方。這兩句詩寫鳥獸皆馴服地圍繞佛地，似乎也想獲得佛尊的保佑和渡化，頗有普渡眾生的意味。「擿菊」二句呈現出脫離塵俗、怡然自適的心境。「瑩」在詩中作動詞用；「心王」是佛教語，指心的主宰。最後兩句是詩人遊歷佛寺後的感想，認為有幸能與友人共遊此「高勝」之處，進而澄淨了自己的心靈。

再看徐伯陽〈遊鍾山開善寺詩〉：

聊追鄴城友，躧步出蘭宮。法侶殊人世，天花異俗中。鳥聲不測處，松吟未覺風。此時超愛網，還復洗塵蒙。（《逯書·陳詩·卷二》，頁二四七〇）

鄴城，故址在今河北臨漳縣西南，是曹魏時的政治文化中心，這裡則代指京城。開頭二句詩寫詩人隨著友人離開京城出遊。「法侶」，即僧侶。「天花」，這裡指佛寺中的各種景物。「法侶殊人世」以下四句，寫詩人在佛寺中的所見。「鳥聲不測處，松吟未覺風。」二句透露出「但聞聲響而不見實相」的思想，在描景寫物之中含有至理。最後二句寫詩人的有所感，直陳其悟理，故可超越愛網和塵累，感覺心靜意淨，體悟萬物皆空的道理。隋煬帝楊廣亦有類似詩作，其〈謁方山靈巖寺詩〉云：

> 梵宮既隱隱，靈岫亦沈沈。平郊送晚日，高峰落遠陰。迴旛飛曙嶺，踈鐘響晝林。蟬鳴秋氣近，泉吐石溪深。抗迹禪枝地，發念菩提心。（《逯書．隋詩．卷三》，頁二六六九）

開頭二句寫靈巖寺的幽深和寂靜。自「平郊送晚日」至「泉吐石溪深」六句，則描繪出靈巖寺為一適合禪修的所在。「抗迹」指特立獨行；「禪枝地」，指禪修之地，即靈巖寺；「菩提」，即明辨善惡、覺悟真理的正覺。最後二句詩人就景言志，表示要在這禪修勝處靈巖寺「發念菩提心」。

在這類以遊佛寺、望浮圖為主題的詩歌中，有多首詩作是以群體唱和的形式出現的，如蕭綱〈望同泰寺浮圖詩〉，其唱和之作有王訓〈奉和同泰寺浮圖詩〉、庾肩吾〈詠同泰寺浮圖詩〉、王臺卿〈奉和同泰寺浮圖詩〉等（註二四），舉庾肩吾之詩為例：

望園臨柰苑，王城對鄴宮。還從飛閣內，遙見崛山中。天衣疑拂石，鳳翅欲凌空。雲甍猶帶雨，蓮井不生桐。盤承雲表露，鈴搖天上風。月出琛含采，天晴幡帶虹。周星疑更落，漢夢似今通。我后情初照，不與伊川同。方應捧馬出，永得離塵蒙。

「崛山」，即印度所說的佛教聖地靈鷲山，這裡則借指同泰寺所在的鍾山。詩歌開頭四句寫自己居於王城，但卻常可自飛閣高樓眺望鍾山及同泰寺的秀麗。「天衣疑拂石」至「漢夢似今通」八句，寫遙望同泰寺的景色。詩由塔（浮圖）而寺，由寺寫周圍的好風好景，詩人由上而下、由近及遠地把同泰寺塔和寺廟周圍的景色結合在一起。最後四句，轉而為對簡文帝的稱讚，說他詠同泰寺之詩猶如漢明帝感夢，有神佛來助，既頌人又頌佛，不但照應了詩的內容，同時也呈現其寫詩的目的。

蕭綱另有一首〈往虎窟山寺詩〉，同樣有大量唱和之作，也形成了另一個詩歌組群：陸罩〈奉和往虎窟山寺詩〉、鮑至〈奉和往虎窟山寺詩〉、孔燾〈往虎窟山寺詩〉、王臺卿〈奉和往虎窟山寺詩〉、王冏〈奉和往虎窟山寺詩〉等（註二五）。現以陸罩詩為例說明：

雞鳴動睟駕，柰苑睠晨遊。朱鑣陵九達，青蓋出層樓。歲華滿芳岫，虹彩被春洲。葆吹臨風遠，旌羽映九斿。喬枝隱修逕，曲澗聚輕流。徘徊花草合，瀏亮鳥聲遒。金盤響清梵，涌塔應鳴桴。慧雲方靡靡，法水正悠悠。實歸徒荷教，信解愧難詶。

這首詩以寫景為主，描寫由皇城到山寺的景色，其中也表現出對佛門寂靜之境的神往。「睟」，天名，九天五為睟天，這裡詩人是以「睟駕」代指「聖駕」。「柰苑」，即庵羅樹園，佛陀說維摩經的地方，這裡即指虎窟山。開頭四句由動身出城開始寫起，轉眼已離開皇城。「歲華滿芳岫」以下四句，描寫沿途上的物色景象，及君臣興奮的心情。「喬枝隱修逕」以下四句，寫到達虎窟山後所見到的山中景象。「金盤響清梵」以下四句，則由「金盤」清響和「涌塔」寫佛寺的莊嚴。而原本為一般自然美景的「雲靡靡」、「水悠悠」，被冠上佛教語彙「法」、「慧」後，自然也就進入了佛學的意境。佛教認為如來如大雲庇佑眾生，而妙法如水則可洗淨心靈。最後二句點明詩作的酬唱之旨，以「實歸」、「信解」稱美簡文帝對佛法的體悟。

在這裡要特別提出的一點是：並非所有遊佛寺、望浮圖之詩皆可歸於此類，其認定標準在於「使用佛教語彙、透露佛教思想」者，所以同樣是遊佛寺詩，若純粹只是寫景，既未透露佛教思想，也不曾使用佛教語言者，皆不能納入此類詩歌範疇。故上述兩詩群實有其他唱和的作品，但僅純粹寫景而不涉及佛教，此處即不予討論。

## 第三節　六朝詩歌中反映之佛教思想

詩歌反映人生，而宗教則是精神生活的重要成分。佛教的東傳，對中國思想與文化皆產生重大影響，並逐漸融入中國人的生活之中。體察六朝詩歌，其所蘊含的佛教思想內容是很廣泛的，現僅就影響較深、較大的幾個方面，分別討論之（註二六）。

## 一、無常與性空思想

佛陀釋迦牟尼的出家求道，是目睹眾生生老病死、寒暑逼迫、相互殘食等人間慘象，而有感於人生無常，於是發願求證無上菩提正覺，尋求解脫之道，因而產生「諸行無常」、「萬法皆空」的觀念，並隨佛教東來而傳入我國。這樣的觀念，與我國傳統儒家學術講「經」講「常」，認為天不變則道不變的思想，是大不相同的。

所謂「諸行無常」的「行」，本指遷流不息，佛教認為世間的一切事物，皆是由因緣和合而生，無時無刻不處於變動不居之中，因此稱為「行」，這是世間諸法的真相。由於「諸行」無時不處於生滅變動之中，所以是「無常」的。無常的「常」即指永恆之意，「無常」並非指偶然，而是指一切皆無永恆的實體，因為世間諸法遷流變動剎那不停，故無論任何物體都非恆常不變。「無常」是「諸行」的表現，而其實質則為「空」。佛教講「空」並非一無所有之意，更不是對於客觀現象的視而不見，這個「空」指的是不實在的意思。《金剛經》云：「一切有為法，如夢幻泡影，如露亦如電。」佛家以為事物虛幻不實，沒有質的規定性，即客觀世界亦不具實在性。《般若多羅蜜多心經》說：「色不異空，空不異色，色即是空，空即是色。」這裡的「色」是指現象、物質。現象和物質並非不存在，而是處於生滅變動的「無常」之中，故其性質是「空」，這個「空」性並不能獨立存在，而是體現在一切事物現象之中。所以說「色即是空，空即是色」。佛家宣揚「無常」理論的目的，在於教眾生看清世間萬物的真實本相，不要執「無常」為「常」，為此產生貪欲，而作執著的追求。

六朝詩歌中反映出「諸行無常」、「萬法皆空」思想的作品不少，如晉朝僧人康僧淵〈代答張君祖詩〉中有這樣的句子：

真朴運既判，萬象森已形。精靈感冥會，變化靡不經。（《逯書．晉詩．卷二十》，頁一〇七五）

寫世界原本渾渾穆穆，一片混沌，然一旦地、水、火、風等四大和合，則大千世界森羅萬象，各具其形。而人的「精靈」（即指靈魂）也為冥冥中的力量所操控，時而化解，時而聚合，變化無窮。再看廬山諸沙彌之〈觀化決疑詩〉：

謀始創大業，問道叩玄篇。妙唱發幽蒙，觀化悟自然。觀化化已及，尋化無間然。生皆由化化，化化更相纏。宛轉隨化流，漂浪入化淵。五道化為海，孰為知化仙。萬化同歸盡，離化化乃玄。悲哉化中客，焉識化表年。（《逯書·晉詩·卷二十》，頁一〇八七）

作者觀世間萬物皆隨因緣流轉，「生皆由化化，化化更相纏」，隨著無止無休的生滅變動，沈沒於大化的淵海，而期能「離化」，超脫生死，最終的目的自是達到涅槃境界。而北周·釋亡名的〈五盛陰詩〉更是從日常生活現象和歷史嗟歎中，體悟出「諸行無常」與「萬法皆空」的佛理。其詩曰：

先去非長別，後來非久親。新墳將舊塚，相次似魚鱗。茂陵誰辨漢？驪山詎識秦？千年與昨日，一種併成塵。定知今世土，還是昔時人。焉能取他骨，復持埋我身。（《逯書·北周詩·卷六》，頁二四三四～二四三五）

「五盛陰」，即五陰，指色、受、想、行、識五種構成世間萬物和人身的要素，又稱五蘊、五眾。廣義而言，五陰包括一切因緣和合的事物，是物質世界和精神世界的總概括；而狹義則指現實的人。佛家認為人不過是五蘊的暫時和合，並無實體可言，是「無常」與性「空」的存有。這首詩由人生「千年與昨日，一種並成塵」的角度出發，闡釋無論古人或今人，都終將歸於空無，逝去的並非永遠逝去，而存在的亦非真實存在，他們都是處於生滅變動的「無常」之中，並無永恆的實體。詩中以漢帝王秦始皇的風流一時，終亦隨時光的流逝而煙消雲散、化為塵土，來說明世間的「無常」與「色空」。其他如王胄〈臥病閩越述淨名意詩〉云：

心路資調伏，於焉念實相。水沫本難摩，乾城空有狀。是生非至理，是我皆虛妄。（《逯書．隋詩．卷五》，頁二七〇一～二七〇二）

郗超〈答傅郎詩六章〉其一云：

森森群像，妙歸玄同。原始無滯，孰云質通。悟之斯朗，執焉則封。器乖吹萬，理貫一空。（《逯書．晉詩．卷十二》，頁八八八）

皆反映出佛家對世間萬物及人生「諸行無常」、「萬法皆空」的獨特思想。

## 二、苦諦思想

「苦」是佛教四聖諦之一。諦，即真諦、真理。四聖諦是佛陀為眾生解釋一切煩惱痛苦的根源，並且指出斷除煩惱妄念、解脫成佛之途徑的有關說法。其內涵包括：苦諦、集諦、滅諦、道諦。其中，苦諦是說明為什麼需要解脫的道理（註二七），亦即人生多苦的真理。佛教認為：三界眾生、六道輪迴，一切生命與生存的現象，都是「苦」的表現。世間的一切事物皆由因緣和合而產生，所以任何事物不但沒有自我實體可言，在因與緣的時刻變化中，也一直處於變動不居的狀態。眾生身處其中，不能自我主宰，亦得不到自由，只一再遭遇種種無法避免的煩惱痛苦。佛家將這些煩惱分別為二苦、三苦、四苦、八苦乃至一百幾十種苦等諸苦，而最常見的是二苦、四苦及八苦。

「二苦」是指內苦和外苦。《大智度論》云：

四百四病為身苦，憂愁嫉妒為心苦，合此二者，謂之內苦。外苦亦有二種，一為惡賊虎狼之苦，二為風雨寒熱之災，合此二者，謂之外苦。

簡言之，內苦是指來自眾生自身生理和心理兩方面的苦惱；外苦則是指來自外界的災禍。所謂「四苦」是指生、老、病、死這四種無法擺脫的痛苦。而「八苦」則是四苦再加上愛別離、怨憎會、求不得、五蘊盛等四苦（註二八）。

六朝詩人即吸收了佛家的「苦諦」思想，而將之反映在作品中。如蕭衍〈遊鍾山大愛敬山寺詩〉中有：

二苦常追隨，三毒自燒然。（《逯書．梁詩．卷一》，頁一五三一）

三毒，佛教指貪欲、瞋恚、愚癡這三種煩惱。這二句詩是說人生常處於內、外二苦及貪、瞋、癡等三毒的煎熬中。而北周．釋亡名所作〈五苦詩〉，則是寫八苦中的生苦、老苦、病苦、死苦、愛別離苦等五苦，闡釋佛教一切皆苦的人生觀，其詩曰：

生　苦

可患身為患，生將憂共生。心神恆獨苦，寵辱橫相驚。朝光非久照，夜燭幾時明。終成一聚土，強覓千年名。

老　苦

少日欣日益，老至苦年侵。紅顏既罷艷，白髮寧久吟。階庭唯仰杖，朝府不勝簪。甘肥與妖麗，徒有壯時心。

病　苦

拔劍平四海，橫戈卻萬夫。一朝床枕上，迴轉仰人扶。壯色隨肌減，呻吟與痛俱。綺羅雖滿目，愁眉獨向隅。

死　苦

可惜凌雲氣，忽隨朝露終。長辭白日下，獨入黃泉中。池臺既已沒，墳隴向應空。唯當松柏裏，千年恆勁風。

愛離

誰忍心中愛，分為別後思。幾時相握手，嗚噎不能辭。雖言萬里隔，猶有望還期。如何九泉下，更無相見時。（《逯書．北周詩．卷六》，頁二四三三～二四三四）

在這組詩中，詩人以人生的自然現象，結合人生的實際生活與情感的種種體驗，來闡釋佛家主張一切皆苦的人生觀。他感歎人生之無常、苦短，以往日的凌雲豪氣與今日的衰老罷艷相比，以生活的物豐奢華和生命的無常短促相對，以這種強烈對比的方式，映襯出生活之苦與人生之苦。詩人用平實無華的語言、貼近生命的事物、飽含情感的筆調，描繪出人生的種種煩惱痛苦。

此外，梁．庾肩吾有〈八關齋夜賦四城門更作四首〉（《逯書．梁詩．卷二十三》，頁二〇〇五～二〇〇八），是以釋迦牟尼佛仍是太子時，出東、南、西、北四個城門，分別遇見老、病、死及沙門，深深感覺到人生之苦，興起出世之念的故事，而作此詩。此詩每一賦韻皆有〈東城門病〉、〈南城門老〉、〈西城門死〉、〈北城門沙門〉等四首詩，共十六首詩。此詩亦收錄於《廣弘明集．卷三十》中，作者除庾肩吾外，尚有簡文帝蕭綱、徐防、孔燾、諸葛塏、王臺卿、李鏡遠等人。此七人以類似柏梁臺體的方式，輪流作詩兩句，而成四韻、十六首詩。此詩主題皆圍繞老、病、死、沙門四者，闡述對人生衰老、病疾、死亡的無奈，也屬於論述四苦思想的詩作，可為六朝詩歌中蘊含有「四聖諦」中「苦諦」思想之證。

## 三、大慈大悲思想

慈悲，是梵文Maitri-Karuna的意譯，稱佛、菩薩愛護眾生、給予歡樂叫「慈」；憐憫眾生、拔除苦難叫「悲」。《大智度論》云：「大慈，與一切眾生樂；大悲，拔一切眾生苦。」《涅槃經》曰：「三世諸佛尊，大悲為根本。………若無大悲者，是則不名佛。」大乘佛教以慈悲為根本，把大慈大悲放在首位，以普渡眾生為目標，具有面對社會解脫眾生的性質。《大智度經》卷二十引《明罔菩薩經》云：

> 大悲是一切諸佛菩薩之根本，是般若波羅蜜之母，諸佛之祖母。菩薩以大悲心故得般若波羅蜜，得般若波羅蜜故得作佛。

慈悲，被作為般若之基礎、修行之契機，使得佛教由個人解脫轉向眾生解脫，將自利與利他並重，成為深入社會生活、普渡眾生的積極宗教思想。

六朝詩歌中多有涉及「大慈大悲」思想的作品。如張翼〈贈沙門竺法頵詩三首〉其一云：

> 外物豈大悲，獨往非玄同。（《逯書．晉詩．卷十二》，頁八九三）

「外物」即超然物外、超脫於塵世之外。「玄同」，語出《老子》，在這裡指悟道的最高境界，齊萬物、泯是非，居於世俗而能永保佛心。詩人詰問竺法頵：個人的超然物外哪裡合乎佛家普渡眾生的慈悲之旨呢？而獨來獨往也違背了佛教混同於世之意。這二句詩指出大乘佛教與小乘佛教的分歧。張翼另一首詩作〈答康僧淵詩〉也有同樣的思想：

> 大慈濟群生，冥感如影響。蔚蔚沙彌眾，粲粲萬心仰。誰不欣大乘，兆定於玄曩。（《逯書．晉詩．卷十二》，頁八九三～八九四）

南齊．蕭子良有〈後湖放生詩〉一首：

釋焚曾林下，解細平湖邊。迅翮搏清漢，輕鱗浮紫淵。（《逯書．齊詩．卷一》，頁一三八三）

「釋焚」應為「釋梵」，指釋迦牟尼。「放生」的觀念和行為，正是大慈大悲者令一切眾生皆得安樂的反映。而庾肩吾〈八關齋夜賦四城門更作四首〉第三賦韻．其四〈北城門沙門〉（《逯書．梁詩．卷二十三》，頁二〇〇七）中有「願引三塗眾」一句。「三塗」，指血塗、刀塗、火塗。血塗是畜生道，因畜生常在被殺或互相吞食之處；刀塗是餓鬼道，因餓鬼常在飢餓或刀劍杖逼迫之處；火塗是地獄道，因地獄常在寒冰或猛火燒煎之處。「願引三塗眾」是指願發大慈大悲之心，普渡身在三塗中的眾生。隋煬帝楊廣〈謁方山靈巖寺詩〉云：

抗釋禪枝地，發念菩提心。（《逯書．隋詩．卷三》，頁二六六九）

「菩提」，即明辨善惡、覺悟真理之正覺。《大日經》曰：「菩提心為因，大悲為根本。」可見大慈大悲之心即是菩提心。隋煬帝楊廣作為一位無道君主，但在靈巖寺禪寂之境的感召下，竟也引發出大慈大悲的菩提心來了。以上諸詩皆反映佛教大慈大悲的思想。

## 四、修性思想

始成曰修，本有曰性。以修行而得本有之性曰修性。佛教主張一切眾生皆有佛性（指成佛的潛能），都可以成佛。佛是「已覺者」，眾生是「未覺者」，兩者之間的差別，只在「已覺」（悟）與「未覺」（迷）而已。經由修行的工夫，眾生亦可以成佛性，證成佛果。故《壇經》云：

> 善知識，不悟即佛是眾生。一念悟時，眾生是佛。……故知萬法盡在自心，何不從自心中頓見真如本性。

又曰：

> 若起真正般若觀照，一剎那間，妄念俱滅。若識自性，一悟即至佛也。

支遁〈五月長齋詩〉云：

誰謂冥津遐，一悟可以航。（《逯書．晉詩．卷二十》，頁一〇七八）

指一悟即可由煩惱痛苦的此岸，越過生死的大海，航向涅槃安樂的彼岸。謝靈運的〈從斤竹澗越嶺溪行〉中，亦有闡發類似思想的詩句：

觀此遺物慮，一悟得所遣。（《逯書．宋詩．卷二》，頁一一六六～一一六七）

再看沈約的〈八關齋詩〉：

因戒倦輪飄，習障從塵染。四衢道難闢，八正扉猶掩。得理未易期，失路方知險。迷塗既已復，豁悟非無漸。（《逯書．梁詩．卷六》，頁一六三九）

「四衢」即「四道」，是指斷除煩惱、證得真理的四種過程。依此可證得涅槃果，為一切佛教修習方法的概括。四道者：一為加行道，又稱方便道，即在無間道之前，為求斷除煩惱，而行準備之修行。二為無間道，又稱無礙道，即直接斷除煩惱的修行，由此可以無間地進入解脫道。三即解脫道，指已自煩惱中解脫，證得真理，獲得解脫的修行。四為勝進道，即在解脫道之後，更進一步行其餘殊勝行，而全然完成解脫。「八正」即指「八正道」，又稱八聖道，是對道諦提出說明，指出八種成佛的途徑：一為正見，即排除邪念的正確見解；二為正思，即排除迷妄的正確思慮；三為正語，即杜絕戲論的正當言語；四為正業，即合乎戒律的正當行為；五為正命，即合乎戒律的正當生活；六為正精進，即去惡向善，力臻自我完善的努力；七為正念，即牢記佛教真諦；八為正定，即專心致志，身靜慮寂的禪定。這八正道又可歸納為戒、定、慧三學：戒學，即戒律；定學，指修習的工夫；慧學，則為增進智慧必修的學問。沈約這首〈八關齋詩〉，主要是說自己因為對佛教戒律的倦怠而飄離正軌法輪，從而沾染了塵世的業障，使得四道之路難以開闢，八正道之門也無法開啟。此後才知道這是離開正道迷失路徑因而遇到了艱險，終而回歸正途，並且豁然了悟到修習佛法要下漸悟的工夫。這首詩是講述修習佛法，因倦怠而離正道，後又迷途知返的體悟之言。「改迷入正」，正是佛教徒修性的目標。庾信〈奉和同泰寺浮圖詩〉最後兩句說：

庶聞八解樂，方遣六塵情。（《逯書・北周詩・卷二》，頁二三六三）

也是要以「八解脫」去除色塵、聲塵、香塵、味塵、觸塵、法塵等受污染而生的六塵，使真性得以顯發，以達正果。以上諸例，皆為六朝詩歌中有關修性的主張。

## 五、其他

在六朝詩歌之中，除上述的四種佛教思想外，亦蘊含其他佛教觀念，如：竺僧度〈答苕華詩〉最後六句，講述的是佛家三世輪迴、因果報應的思想。詩云：

布衣可暖身，誰論飾綾羅。今世雖云樂，當奈後生何？罪福良由己，寧云己恤他？（《逯書・晉詩・卷二十》，頁一〇八八～一〇八九）

輪迴乃是因果的演進，而因果則是輪迴的現象。佛家有前世、今世、來世的「三世之說」，並認為眾生今世的託胎而生，是由前世所造的業決定的，故前世的業即為因，今世的生即為果，一定的因必然會產生一定的果，生命依業輪迴，善惡各得其果。而今生的善業與惡業又成為來世的因，決定來世果報的善與惡。佛教所謂的「因果報應」方式有三：一為現報；二為生報；三為後報。凡是今生作、今生受者，謂之「現報」；若是前生作、今生受，今生作、來世受者，謂之「生報」；至於今世行善作惡，要至後世、第三世、第四世、甚至千百年後，方見報應者，則謂之「後報」。竺僧度詩中「布衣可暖身」以下四句，寫布衣暖身、粗食充飢已經足夠，綾羅綢緞則是多餘，若貪求今生一時的舒適享樂，則來生必遭報應苦果。「罪福良由己」二句，則更說明無論罪福皆來自己身所種之因，至於「恤他」——留後傳宗接代之事，則是無法顧及，與己無關的了。詩中充分反映出作者對佛家「三世輪迴」、「因果報應」思想的正信不移。

又王齊之〈念佛三昧詩四首〉其四云：

至哉之念，主心西極。（《逯書．晉詩．卷十四》，頁九三九）

則是透露出作者對西方極樂世界的嚮往之情。

綜上所述，六朝詩歌中，不僅含有直接宣說佛理之詩、懺悔之詩與臨終詩、佛教齋會、法會與受戒之詩、聽講佛經之詩、遊佛寺及望浮圖詩等多種展現佛教思想的篇什，更有佛道交融、佛儒會通及三教融合等呈現複雜而多樣的宗教風貌的作品。而六朝詩歌中亦蘊含無常思想、性空思想、苦諦思想、大慈大悲思想、修性思想、輪迴報應思想與西極之思等佛教思想，其內容之廣泛豐富，可見一斑。由六朝詩歌作品所展現出來的佛教的多樣風貌，可知佛教在六朝確已深入人們的思想與生活，並在詩歌中充分反映出佛教影響當代生活的真實風貌。

## 注釋

註一　見《逯書．晉詩．卷十二》，頁八九一。

註二　見孫昌武：《佛教與中國文學》（臺北．東華書局，民國七十八年十二月初版），頁六五～六六。

註三　分別見《逯書．晉詩．卷二十》，頁一〇七五、《逯書．晉詩．卷二十》，頁一〇八〇～一〇八一、《逯書．梁詩．卷二十四》，頁二〇一四。

註四　見《逯書．北魏詩．卷四》，頁二二三四七。

註　五　分別見《逯書・北魏詩・卷四》，頁二二四八～二二四九、見《逯書・北魏詩・卷四》，頁二二五二～二二五五。

註　六　色界諸天分為四禪，即初禪、二禪、三禪、四禪。在四禪天中，所有內外過禍均無，是諸災不能到達的境界。

註　七　見佛光大辭典編修委員會：《佛光大辭典》（高雄・佛光文化公司，民國八十六年五月初版），頁一一一二，〈五明條〉。

註　八　見漢語大詞典編輯委員會編：《漢語大詞典》（第十二卷）（上海・漢語大詞典出版社，一九九三年十一月一版一刷），頁一一八三，〈魚山條〉。

註　九　分別見《逯書・晉詩・卷二十》，頁一〇八七、《逯書・北周詩・卷二》，頁二三七九。

註一〇　分別見《逯書・梁詩・卷一》，頁一五二六、《逯書・梁詩・卷十四》，頁一七九五～一七九六、《逯書・梁詩・卷十四》，頁一七九八、《逯書・陳詩・卷八》，頁二五八二～二五八三。

註一一　分別見《逯書・宋詩・卷七》，頁一一八六、《逯書・梁詩・卷一》，頁一五三一～一五三二、《逯書・梁詩・卷二十五》，頁一〇三八、《逯書・梁詩・卷三十》，頁二一八九～二一九〇。

註一二　此分類主要參考蔣述卓：〈南朝崇佛文學略論〉《魏晉南北朝文學論文集》，臺北・文史哲出版社，民國八十三年十一月初版），頁五七八。

註一三　分別見《逯書・晉詩・卷十二》，頁八九一～八九二、《逯書・晉詩・卷十二》，頁八九三、《逯書・晉詩・卷二十》，頁一〇八四、《逯書・晉詩・卷二十》，頁一〇八七、《逯書・齊詩・卷二》，頁一三八九～一三九〇、《逯書・齊詩・卷二》，頁一三九九、《逯書・齊詩・卷二》，頁一四〇〇、《逯書・梁詩・卷一》，頁一五三二～一五三三、《逯書・梁詩・卷十六》，頁一八四〇、《逯書・梁詩・卷二十一》，頁一九二八、《逯書・梁詩・卷二十一》，頁一九三七～一九三八、《逯書・梁詩・卷二十二》，頁一九六二、《逯書・梁詩・卷二十二》，頁一九六七、《逯書・梁詩・卷二十二》，頁一九七六、《逯書・梁詩・卷二十三》，頁二〇〇五～二〇〇八、《逯書・陳詩・卷九》，頁二六〇〇、《逯書・北周詩・卷六》，頁二四三三～二四三四、《逯書・北周詩・卷六》，頁二四三四～二四三五、《逯書・隋詩・卷十》，頁二七七九。

註一四　此八種妄想即：（一）自性妄想，謂執根塵等法各有體性，不相混濫。（二）

差別妄想，謂差別無差別之妄想。（三）攝受積聚妄想，妄執五蘊和合而成一切眾生。（四）我見妄想，於五蘊法中，妄執有我。（五）我所妄想，妄執有我身及所受用物之妄想。（六）念妄想，妄分別可愛之淨境而緣念不斷。（七）不念妄想，妄分別可憎之境，不起緣念。（八）念不念俱相違妄想，於念不念愛憎之境，皆違理分別。

註一五　以上分別見《逯書．梁詩．卷二十一》，頁一九三五、《逯書．梁詩．卷一》，頁一五三二、《逯書．梁詩．卷二十四》，頁二〇一四、《逯書．梁詩．卷二十四》，頁二〇一四。

註一六　見《逯書．陳詩．卷八》，頁二五〇五、《逯書．陳詩．卷八》，頁二五八四。

註一七　分別見《逯書．晉詩．卷二十》，頁一〇七八、《逯書．晉詩．卷二十》，頁一〇七九、《逯書．梁詩．卷六》，頁一六三九。

註一八　參見前節〈八關齋詩三首〉其三所引之〈序〉。

註一九　分別見《逯書．梁詩．卷二十一》，頁一九三六、《逯書．梁詩．卷二十三》，頁一九八八～一九八九、《逯書．梁詩．卷三十》，頁二一九〇。

註二〇　分別見《逯書．晉詩．卷二十》，頁一〇七七、《逯書．晉詩．卷二十》，頁一〇七八、《逯書·梁詩·卷十四》，頁一七九六。

註二一　以上分別見《逯書·齊詩·卷二》，頁一三九五、《逯書·梁詩·卷三》，頁一四三五、《逯書·梁詩·卷十三》，頁一七七五、《逯書·梁詩·卷十四》，頁一七九六～一七九七、《逯書·梁詩·卷十四》，頁一七九七、《逯書·梁詩·卷十四》，頁一七九七～一七九八、《逯書·梁詩·卷十四》，頁一七九八～一七九九、《逯書·梁詩·卷十五》，頁一八一九、《逯書·梁詩·卷十六》，頁一八二九、《逯書·梁詩·卷十九》，頁一八九三、《逯書·梁詩·卷二十一》，頁一九三六、《逯書·梁詩·卷二十二》，頁一九六七。

註二二　同註一二，頁五七八～五七九。

註二三　以上分別見《逯書·梁詩·卷一》，頁一五三一、《逯書·梁詩·卷三》，頁一五六六、《逯書·梁詩·卷十六》，頁一八二八、《逯書·梁詩·卷二十一》，頁一九三六～一九三七、《逯書·梁詩·卷二十一》，頁一九六八、《逯書·陳詩·卷一》，頁二四四七、《逯書·陳詩·卷一》，頁二四四八、《逯書·陳詩·卷一》，頁二四五三、《逯書·陳詩·卷二》，頁二四七〇、《逯書·陳詩·卷六》，頁二五六二、《逯書·陳詩·卷九》，頁二五九九、《逯書·陳詩·卷八》，頁二五八二、《逯書·陳詩・卷八》，頁二五八二～二五八三、《逯書・陳詩・卷八》，頁二五八三、《逯書・陳詩・卷八》，頁二五八四、《逯書・陳詩・卷八》，頁二五八四～二五八五、《逯書・北齊詩・卷二》，頁二二七六、《逯書・北周詩・卷二》，頁二三六四、《逯書・隋詩・卷三》，頁二六六九、《逯書・隋詩・卷三》，頁二六七四、《逯書・隋詩・卷四》，頁二六八五、《逯書・隋詩・卷五》，頁二七〇四、《逯書・隋詩・卷六》，頁二七二一～二七二二。

註二四　分別見《逯書・梁詩・卷二十一》，頁一九三五、《逯書・梁詩・卷九》，頁一七一七～一七一八、《逯書・梁詩・卷二十三》，頁一九八九、《逯書・梁詩・卷二十七》，頁二〇八八。

註二五　以上分別見《逯書・梁詩・卷二十一》，頁一九三四、《逯書・梁詩・卷十三》，頁一七七七、《逯書・梁詩・卷二十四》，頁二〇二四、《逯書・梁詩・卷二十六》，頁二〇七六、《逯書・梁詩・卷二十七》，頁二〇八九、《逯書・梁詩・卷二十七》，頁二〇九二。

註二六　本節佛教思想內容主要參考洪師順隆：〈初唐賦中的三教思想風貌〉（臺北・《華岡文科學報》，民國八十七年三月，第二十二期）、洪師順隆：〈梁武帝作品中的儒佛會通論〉（發表於華梵大學哲學系主辦「儒佛會通學術討論會」）、黎金剛：《唐代詩歌與佛家思想》（臺北・臺灣師範大學國文研究所博士論文，民國六十九年六月），頁四八八～五六四。

註二七　集諦是說明眾生需要解脫什麼的理論；滅諦則是講述怎樣才是解脫的理論；道諦說明的是怎樣才能獲得解脫的修習方法。

註二八　以上參考胡遂：《中國佛學與文學》（長沙・岳麓書社，一九八八年四月，一版一刷），頁一～四。

# 第五章 六朝詩歌佛教滲透篇什的類型

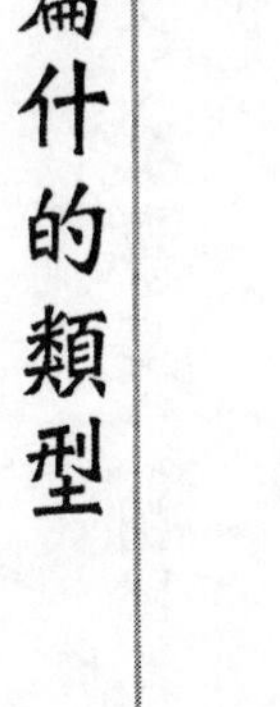

## 第一節 六朝詩歌分類概況

詩歌可說是最集中表現生活的一種文學體裁，詩人創作詩歌的目的，或為抒情、或為言志，而必得採用與其內容相應的語言、結構等形式來表達，也因而產生不同種類、各具特色的詩歌篇什。歷代研究詩歌的學者，為更確實地探討詩歌的特點和內容，於是將相近的詩歌加以歸類，以便分門別類地把握各種詩體的特徵和差別，並可進一步地依照各種詩體的規律進行創作和鑑賞，詩歌分類學亦於焉誕生（註一）。而本節所討論的詩歌分類，主要是以六朝詩歌為對象，探討其分類概況（註二）。

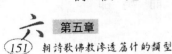

## 一、傳統的詩歌分類

在我國詩歌史上，原沒有「詩歌分類學」此一名詞的出現，但對詩歌分類的實踐卻是自古即有而歷史悠久的。《詩經》六義中的「風、雅、頌」三義，即可說是我國最早的詩歌分類法。而至南朝梁·蕭統編纂《昭明文選》時，就古代詩歌加以細分辨析，而將之聚類劃分為二十四類，可稱為我國傳統詩歌分類的代表。其二十四類分別為：〈補亡〉、〈述德〉、〈勸勵〉、〈獻詩〉、〈公讌〉、〈皇太子釋奠會作詩〉、〈祖餞〉、〈詠史〉、〈百一〉、〈遊仙〉、〈招隱〉、〈反招隱〉、〈遊覽〉、〈詠懷〉、〈哀傷〉、〈贈答〉、〈行旅〉、〈軍戎〉、〈郊廟〉、〈樂府〉、〈挽歌〉、〈雜歌〉、〈雜詩〉、〈雜擬〉等。

我國傳統詩歌分類學，對詩體類型進行系統分析時，多半有分析角度不一、設類標準不同等缺點，以致形成詩類間的混淆和雜蕪。以上述《昭明文選》所分的二十四類為例，就是由四種不同的分類角度分析而來的：

(一)、依題材區分：如〈述德〉、〈詠史〉、〈遊仙〉、〈招隱〉、〈反招隱〉、〈詠懷〉、〈哀傷〉、〈軍戎〉、〈百一〉等九類即是。

（二）、依用途區分：如〈補亡〉、〈挽歌〉、〈樂府〉、〈郊廟〉、〈祖餞〉、〈贈答〉、〈公讌〉、〈獻詩〉、〈皇太子釋奠會作詩〉、〈行旅〉、〈遊覽〉等十二類屬之。

（三）、依題名區分：如〈贈答〉、〈雜歌〉、〈雜詩〉、〈雜擬〉等四類。

（四）、以「雜」名類：如〈雜〉類中有個別詩題的。

這樣的詩歌分類法，分類視點不一致，類聚標準不統一，造成各類型間的內容混淆，類型的系統紊亂，而不能呈現完整有序的類型結構，亦無法徹底掌握六朝的詩歌篇什，是十分不科學的分類法。

## 二、六朝題材詩系統論

對於傳統詩歌分類的繁雜、紊亂，近人古清遠、黃鋼等人雖曾著書提出他們的意見（註三），但仍犯了分類標準不統一的毛病，且上述二位先生的詩歌分類，是以一般詩歌為對象，並非專為六朝詩歌而設，尤其以西洋詩歌分類為參照，並不適用於六朝詩歌的分類。洪師順隆致力於研究六朝詩歌多年，他由題材角度入手，實際分析歸納六朝詩歌作品，而提出〈六朝題材詩系統論〉，不但徹底修正了傳統詩歌分類的瑕疵，也建構了完整的理論與類型結構。

洪師提出〈六朝題材詩系統論〉的理論根據，在於詩歌內容，他說：

〈六朝題材詩系統論〉，由六朝實際作品分析歸納而得，………它的理論依據所在是詩歌內容，分類時由詩歌內容的題材切入，依詩歌中出現的題材，也就是題材在整個六朝詩中的分布現象分析歸納出來的。蓋文學表現生活，………當作家創作時，生活事件或生活現象經過集中、取捨、提煉而進入作品中，表現一定的主題思想，完成一篇作品，生活素材乃成了作品的題材，所以我們可以說作品中所表現的生活是題材的組合運動。………作品的內容和形式，不外是作家呈現的題材形質的群列眾彙，和組織題材的千姿百態。社會歷史更是一部題材的發展史；語言則是題材的代表符號。所以，文學體裁、文體類型，是由題材的形質和組構塑造起來的。題材既是文學作品中組織生活主題的單元，又具有決定文體的作用，它與文學體裁有著不可分割的關係，………所以由題材去分析歸納文體類型是合乎作品的實際狀態，又適合於「文學表現生活」、「題材

決定文體」這條原理原則的。（註四）

題材在詩人的運作下，進入詩篇中活動，其目的在於營造個體詩篇的主題，而主題和題材也就成為裁製詩歌的兩大內在形式因素。這兩大內在形式因素，尚須結合外在形式，方能完成詩歌的整體結構，這裡所謂的外在形式包括語言、思維形式、表現視點、感情投射、接受對象及技巧等六個因素。總合內在、外在八個形式因素，就成為六朝題材詩類型分割的八個動力元素，由它們的連鎖作用，建構成六朝題材詩的兩大系統、十九類型的體系組合（註五）。這兩大系統、十九類型分別為：

（一）抒情系統：包含〈隱逸詩〉、〈田園詩〉、〈遊仙詩〉、〈玄言詩〉、〈山水詩〉、〈詠物詩〉、〈愛情詩〉、〈親情詩〉、〈友誼詩〉、〈狹義詠懷詩〉、〈宮體詩〉等十一種題材類型。

（二）敘事系統：包括〈建國史詩〉、〈家族史詩〉、〈詠史詩〉、〈遊獵詩〉、〈游俠詩〉、〈征戍詩〉、〈邊塞詩〉、〈狹義敘事詩〉等八種題材類型。

洪師順隆統一以題材為六朝詩歌分類視點，並以主題、題材、語言、思維形式、表現視點、感情投射、接受對象及技巧八個因素為類聚標準，得出兩大系統、十九個類型

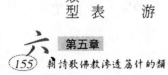

的六朝題材詩系統，徹底而完整的掌握了六朝詩歌篇什，成為目前六朝詩歌分類中最完善的分類系統。

## 第二節　從傳統詩歌類型分析六朝詩歌中的佛教風貌

為瞭解六朝詩歌中佛教滲透篇什的詩歌類型，探知在傳統詩歌分類法下，有哪些詩體受到佛教語言及思想的影響，本節擬以《昭明文選》之詩歌分類法，分析六朝詩歌中的佛教風貌。

### 一、勸勵詩

六朝詩歌受到佛教語言、思想滲透篇什中的〈勸勵詩〉，據筆者分析，僅有梁武帝蕭衍的〈覺意詩賜江革〉一首而已。其詩曰：

唯當勤精進，自強行勝脩。豈可作底突？如彼必死囚。（《逯書・梁詩・卷

一》，頁一五三八）

逯欽立為之注云：「《梁書》曰：

> 時高祖盛於佛教，朝賢多啟求受戒。革精信因果，而高祖未知，謂革不奉佛教，乃賜革〈覺意詩〉五百字。

」「底突」，猶言唐突、頂撞。武帝〈手敕．江革〉亦云：「世間果報，不可不信，豈得底突如對元明延邪！」可知這首詩是蕭衍以為江革不信奉佛教，遂作此詩勸江革要「精進」、「脩」「勝」佛法，不可唐突、頂撞，否則必如「死囚」無救。此詩可證明六朝詩歌佛教滲透篇什中有「勸勵詩」一類。

## 二、獻詩

〈獻詩〉除一般熟知應帝王之命而作的詩歌——〈應詔詩〉外，尚應包含：應皇太

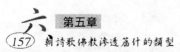

子之命而和的〈應令詩〉，及應諸王之命而和的〈應教詩〉。《王右丞集．趙殿成箋注》云：

魏晉以來，人臣於文字間，有屬和於天子，曰應詔；於太子，曰應令；於諸王，曰應教。

現各分舉一例證之。如王筠有〈奉和皇太子懺悔應詔詩〉一首，其詩云：

一聖智比明，帝德光四海。荷負誠悠屬，度脫實斯在。懺說濟蒙愚，推心屏欺殆。名僧引定慧，朝纓列元凱。還迷依善導，反心由真宰。和鈴混吹音，勝幡榮雪彩。早蒲欲抽葉，新篁向舒蒠。翹勤諒懇到，歸誠信兼倍。睿豔似煙霞，欄杆若珠琲。善誘雖欲繼，含毫愧文彩。（《逯書．梁詩．卷二十四》，頁二〇一四）

詩前有小序曰：

> 奉和皇太子〈懺悔詩〉，仍上皇宸極，□□聖旨即疏降，同所用十韻。私心慶躍，得未曾有，招採餘韻，更題鄙拙。

這裡的皇太子是指簡文帝蕭綱。蕭綱為太子時，曾作〈蒙預懺直疏詩〉一首，當時在位的梁武帝蕭衍亦有唱和之詩。王筠此詩雖為和皇太子之作，但卻是應帝王之命而作的，故歸入應詔詩中。這首詩開頭先讚頌帝王，「一聖智比明」、「帝德光四海」；接著說皇太子行淨身懺悔之禮，經「名僧引定慧」之後，而能「還迷依善導」、「反心由真宰」；最後讚美皇太子原詩文采極佳，為自己的拙作感到慚愧，而只能「含毫愧文采」了，這當然是王筠的自謙之詞。另外，蕭綱的〈和贈逸民應詔詩十二章〉、庾信的〈奉和法筵應詔詩〉等（註六），亦屬應詔詩一類。

接著再看應皇太子之命而和的〈應令詩〉。如陳．沈炯之〈從遊天中寺應令詩〉：

> 福界新開草，名僧共下筵。楊枝生拱樹，錫杖呪飛泉。石座應朝講，山龕擬夜禪。當非舍衛國，賣地取金錢。（《逸書．陳詩．卷一》，頁二四四七）

「福地」指天中寺。起首二句說明遊天中寺的原由;「楊枝」二句則是以佛教用語來描繪這塊「福地」:「楊枝」,梵語danta-kastha,又作齒木,即磨齒刮舌之木片,為佛制比丘十八物之一。又,凡印度、西域諸國請俗人,先贈齒木及香水等,而祝其人健康,以表誠懇之意,故請佛菩薩亦用楊枝淨水,稱為請觀音法或楊枝淨水法,後楊枝水遂被佛教徒喻為能使萬物復甦的甘露。另據《大唐西域記.卷五》所載,佛陀遊化憍薩羅國時,曾嚼楊枝,嚼已,插入土中即生根。以上種種,可知「楊枝」於佛教而言,實具特殊意義。「錫杖」,亦為僧伽隨身十八物之一,又作有聲杖、鳴杖、智杖、德杖等。錫杖是僧人遊行時,或為驅遣蛇蟲,或因年老力衰、病苦纏身所必攜行的物品。杖頭安有大小環數個,搖動則發出錫錫之聲,具有警覺作用,僧人托鉢時亦可使人遙聞即知。又世傳《得道梯澄錫杖經》一卷,譯於東晉,譯者不詳。其內容主要為佛陀告示諸比丘皆應受持錫杖,因錫杖可彰顯聖智,故稱智杖;錫杖亦為行功德之本,故稱德杖。後世佛教徒遂視錫杖為聖人、賢士的表徵,亦為趣向道法的標幟,成為具有神聖意味的佛教法器。「石座」以下四句,則說寺中「石座」、「山龕」原應為朝講經書、夜行禪定之處,但卻被「賣地取金錢」,故說天中寺「當非舍衛國」。「舍衛國」乃佛陀在世時居住最久的國家,前後共達二十五年,據《大智度論.卷三》所載,舍衛城為佛陀出生地,為報生地之恩，故而多居止於此。最後這幾句詩的意思，當在諷刺寺院賣地取錢的經濟措施。從這裡也可以看出當時的寺院正如一般的地主，不但擁有土地，並且有買賣土地的情形，南朝寺院經濟的形態，由此可探知一二。

最後看應諸王之命而和的〈應教詩〉。如齊．王融的〈棲玄寺聽講畢遊邸園七韻應司徒教詩〉，詩云：

> 道勝業茲遠，心閒地能隟。桂橑鬱初裁，蘭墀坦將闢。虛檐對長嶼，高軒臨廣液。芳草列成行，嘉樹紛如積。流風轉還逕，清煙泛喬石。日汩山照紅，松暎水華碧。暢哉人外賞，遲遲眷西夕。（《逯書．齊詩．卷二》，頁一三九五）

南齊竟陵王蕭子良曾於永明二年（西元四八四年）為護軍將軍兼司徒，這首詩詩題所說的「司徒」，即指蕭子良，這是王融應竟陵王蕭子良教而作的一首詩。這首詩寫於「聽講畢」之後，故起首二句就說「道勝業茲遠，心閒地能隟」，認為若是體道勝出，自然能遠離各種業因業果，而心思悠遠，就算身在邸園之中，也能領略山水美景的幽趣，不必非得隱居山林，這句詩與陶淵明的「心遠地自偏」相似，疑脫胎於此。自「桂橑鬱初裁」至「松暎水華碧」十句，皆描寫邸園中的優美景色。最後二句，則寫詩人優游於邸園的景物中，恍若來到「人外」之境，而感到無限舒暢。

以上所舉〈應詔詩〉、〈應令詩〉、〈應教詩〉等諸詩，皆可證六朝詩歌佛教滲透篇什中，存有「獻詩」一類。

## 三、祖餞詩

〈祖餞詩〉的出現，源於我國自古即存的祖餞風俗文化，自《詩經．邶風．泉水》、《詩經．大雅．烝民》、《詩經．大雅．韓奕》諸詩以降，歷代送別詩中，無不運載著祖餞風俗文化的語言。而至南朝梁．蕭統編《昭明文選》時，特立「祖餞」一類，遂有〈祖餞詩類〉的名號行世（註七）。在六朝祖餞詩群中，亦有佛教語言及思想的滲入。如隋朝慧曉的〈祖道賦詩〉：

> 平生本胡越，閩吳各異津。聯翩一傾蓋，便作法城親。清談解煩累，愁眉始得伸。今朝忽分手，恨失眼中人。子向徑河道，慧業日當新。我住邗江側，終為

松下塵。沈浮從此隔，無復更有因。此別終天別，迸淚忽霑巾。（《逯書・隋詩・卷十》，頁二七七四）

逯欽立輯錄此詩時，據《續高僧傳》注曰：

周道失御，隋曆告興，遂與同侶俱辭建業。緇素知友，祖道新林，去留哀感，各題篇什。曉禪師命章賦詩曰……。

可知這首詩作於北周滅亡，而隋代初興之時。曉慧禪師與眾友人離開建業，各奔天涯，相送餞別時皆感哀傷，遂「各題篇什」，而這首詩即成於曉慧之手。自「平生本胡越」至「愁眉始得伸」六句，寫詩人與眾友人如同「胡」與「越」、「閩」與「吳」，各來自不同的地方，在路途中相遇、結識，便「聯翩」、「傾蓋」而成為「法城親」的「緇素知友」，相互交遊、聚而清談，以「解煩累」、伸「愁眉」。「今朝」二句，寫今日要與友人分別，心中感到惆悵。「子向徑河道」以下四句，則是詩人預測別後情景，認為友人應「慧業日當新」，而自己不才則「終為松下塵」，除自謙之外，亦含有對別後友人的勸勉、期待之意。最後四句，寫今日一別，人海浮沈，恐已無再見之因，不禁感到悲從中來而淚濕衣襟。

## 四、招隱詩

《楚辭》中有〈招隱士〉一首，據〈王逸序〉所載，為淮南王劉安門下食客淮南小山所作。這篇詩作的主旨，在招那些當時仍隱居於山林中的賢人隱士出世。而後世許多隱逸詩以「招隱」命名，應是襲用這篇詩章而來（註八）。梁武帝蕭衍有〈贈逸民詩十二章〉，主旨即是以帝王身分，招那些隱逸之民出世來歸，屬於招隱詩類中的作品。其五云：

仁者博愛，大士兼撫。慈均春陽，澤若時雨。心忘分別，情無去取。等皆長養，同加嫗煦。譬流趨海，如子歸父。（《逯書．梁詩．卷一》，頁一五二六）

說朝廷如儒家「仁者」的「博愛」、佛家「大士」的「兼撫」，對於所有的人民都能「等皆長養」，正如同「流趨海」、「子歸父」一般，人民歸向朝廷是自然的趨勢，希望他們能放棄山林隱逸的生活而出世來歸。這首詩證明了佛教語言向六朝「招隱詩」滲透的跡象。

## 五、遊覽詩

六朝詩歌受佛教滲透篇什中的遊覽詩作不少，本書第四章第二節〈六朝詩歌中的佛教活動反映〉中的第五類詩歌——遊佛寺及望浮圖詩，多半屬於「遊覽詩類」。如陳．何處士〈春日從將軍遊山寺詩〉即屬此類，其詩云：

> 蘭庭厭俗賞，柰苑矚年華。始入香山路，仍逢火宅車。慈門數片葉，道樹一林花。雖悟危藤鼠，終悲在篋蛇。（《逯書．陳詩．卷九》，頁二五九九）

這是一首因遊山寺而生出世之思，進而闡述佛理的詩歌。「蘭庭厭俗賞」二句，寫山寺環境的清幽。「柰苑」，即柰園，佛經中的柰氏樹園的簡稱，佛陀曾在柰園說《維摩詰經》，這裡則是用以比喻詩人所遊的山寺。這二句詩寫詩人遊山寺，深感山寺環境的清幽，覺得不應讓世俗之人來遊賞，而自己則應該在寺中清修，免得再處於塵世中虛度年華。「始入香山路」二句，運用了佛經典故於詩中。香山，指洛陽香山寺，這裡是作為詩人所遊山寺的代稱。「火宅車」，出於《法華經．譬喻品》，又作火宅三車喻。譬如家宅突遭大火，而幼子卻仍在火宅裡嬉戲，不知要逃離險境。長者為救子，於是用幼子所喜好的羊車、鹿車、牛車等三車來吸引他們，藉以將他們誘出門外，而後遂共乘大白牛車脫離火宅。在這個譬喻中，火宅是用以比喻有二苦、四苦、八苦等種種苦惱聚集的三界；幼子則比喻眾生，指眾生耽於三界享樂的生活，不知身處危險之境；長者比喻佛陀，羊車比喻聲聞乘，鹿車比喻緣覺乘，牛車比喻菩薩乘，而大白牛車則比喻一佛乘。詩人這二句詩寫遊山寺而感「仍逢火宅車」，比喻自己再次感受到佛家思想的真諦，認為入寺清修即為離開三界火宅的途徑。「慈門數片葉」二句，表面寫山寺的風光，而以「慈門」、「道樹」暗喻佛法普照，智慧大放光華。最後二句，以「危藤鼠」和「篋蛇」為喻，感歎自己雖然已經勘破世情，知道浮沈宦海的人就像高懸藤蔓上的小老鼠一樣，稍有不慎就會跌落萬丈深淵，但如果不馬上在這個山寺中清修，仍究會像「篋蛇」一樣，難離「火宅」的苦海。

這是首遊覽山寺，進而引發禪思、闡述佛理的詩作，可證明六朝詩歌「遊覽詩類」中，有蘊含佛教思想的作品。

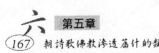

## 六、詠懷詩

《文選》詠懷詩，屬於廣義的詠懷詩，範圍非常廣大。它是以敘述為主要的思維形式，有時也參用描寫、說明、議論。敘述往往傾向於反向式的自我傾訴，故而其表現視點，以第一人稱的主觀視點為多，有時亦參用第三人稱的客觀視點，詩人感情的投射，是以自己的懷抱、感受向自己作反射式的抛出。這類詩歌的主題以訴說自己懷抱感受為多，題材則以情懷為主，而技巧則以敘述式的傾訴居要。它的範疇相當廣泛，幾乎可以包括一切以詠懷、抒情為主題的篇什。它的概義，簡而言之，就是詠抒懷抱的篇什（註九）。

廣義詠懷詩含有佛教語言及佛教思想的作品並不少見，專論晉朝以「詠懷」為名的詩篇就有張翼〈詠懷三首〉其一、支遁〈詠懷詩五首〉其二、其三、史宗〈詠懷詩〉等

（註一〇），現以支遁〈詠懷詩五首〉其二為例：

端坐鄰孤影，眇罔玄思劬。偃蹇收神轡，領略綜名書。涉老咍雙玄，披莊玩太初。詠發清風集，觸思皆恬愉。俯欣質文蔚，仰悲二匠徂。蕭蕭柱下迴，寂寂蒙邑虛。廓矣千載事，消液歸空無。無矣復何傷，萬殊歸一塗。道會貴冥想，罔象掇玄珠。悵怏濁水際，幾忘映清渠。反鑒歸澄漠，容與含道符。心與理理密，形與萬物疏。蕭索人事去，獨與神明居。（《逯書・晉詩・卷二十》，頁一〇八〇～一〇八一）

支遁在這首詩中將老莊思想與佛家思想融會於一體，且大量運用老莊的語言，來說明佛理與玄學相合之處，其深受玄學的影響可見一斑。自「端坐鄰孤影」至「領略眾名書」四句，寫詩人在「眇罔」的歲月中，感到領悟玄理之苦，故收起遠馳在浩大玄義中的思緒，靜心的綜覽前賢的著作。「涉老咍雙玄」至「觸思皆恬愉」四句，寫閱覽先賢之書的收穫和內心的愉悅。「雙玄」，指有和無，語出《老子・第一章》：

> 無，名天地之始；有，名萬物之母。故常無，欲以觀其妙，常有，欲以觀其徼。此兩者，同出而異名，同謂之玄。玄之又玄，眾妙之門。

「哈」，猶快樂、歡愉。「太初」，指氣的始初，即天地未分前的混沌狀態。《莊子．知北遊》：「外不觀乎宇宙，內不知乎太初。」成玄英疏曰：「太初，道本也。」故太初亦可視作道的本源。這四句詩是說詩人「涉老」、「披莊」，而欣悅於「雙玄」有無的道理，玩味於道的本源「太初」，思緒如清風徐來，感到無限愉悅。「俯欣質文蔚」至「萬殊歸一塗」八句，側重於談論玄理，但仍將萬物同歸於佛家的「空」與道家的「無」，充分展現當時佛學與玄學合流的時代風尚。「二匠」指老子和莊子。「柱下」，官名柱下史的簡稱，相傳老子曾為柱下史，後世遂以之為老子的代稱。「蒙邑」，戰國時宋國的邑名，莊子為蒙邑人，且曾於該處作過漆園吏。這幾句詩是說：詩人既為老莊思想的質樸和文采的華美感到欣喜，又為兩位巨匠的逝去而悲歎。寒風蕭瑟的迴盪在柱下，虛空的蒙邑一片沈寂，千年古事都已消融、復歸於「空」與「無」之中。「空無」並沒有什麼好悲傷的，因為萬物變化無常，最後終必殊途同歸於佛家的「空」與道家的「無」之中。「道會貴冥想」至「容與含道符」六句，運用《莊子》中的典故，說明心境對修習的重要性。「罔象」，即象罔，《莊子》寓言中的人物。《莊子．天地》云：

黃帝遊乎赤水之北，登乎崑崙之丘而南望，還歸遺其玄珠。使知索之而不得，使離朱索之而不得，使喫詬索之而不得也。乃使象罔，象罔得之。

「象」，即形象；「罔」，即無。「象罔」，指無形跡而超乎形象。「玄珠」，喻道。說明要不停的靜默思維，才能體悟道的要義，也唯有達到「罔象」那樣無形跡、無欲求的境界，才能獲得真正的道。這裡的道既指佛道、亦指玄道。他要世人不要在污濁的塵世中「悵快」，而忘記以空無的清渠映現出道的本來面目；要在不斷反省中澄清自己的心境，才能從容自得地與佛道相合。最後四句，詩人提出自己的人生追求：精神須與佛道相合，形跡則要遠離物欲，這樣才能「蕭索人事去」，而達到「獨與神明居」的境界。

支遁這首〈詠懷詩〉，充滿玄言玄語，反映出東晉時期佛學依附於玄學，而在名士與名僧的交遊清談中，玄佛逐漸融合的趨勢。

## 七、贈答詩

「贈答」一詞，由「贈」和「答」兩字組合成詞。《說文》云：「贈，玩好相送也。」故可知：「玩好」送人曰「贈」。《孟子．離婁》：「禮人不答，反其敬。」《漢書．郊祀志下》：「以答嘉瑞。」注引師古之言曰：「答，應也。」是以酬應人之贈曰「答」。由「贈」和「答」的文義，可知「贈答」一詞乃社會禮儀文化的產物。《禮記．曲禮》云：「禮尚往來，往而不來非禮也；來而不往亦非禮也。」社會禮儀行為有以禮物玩好送人和禮尚往來，得禮物玩好於人者，又以禮物玩好酬應贈者，這是一種習俗行為。這種贈答風俗行為，有不用物質禮品而以「言語」相送者。而風雅道興，由贈言進而贈詩，西周以來頗為流行，留下的篇什亦不少。至六朝期間，贈答詩篇什有增無已，蔚為大觀，迄梁．昭明太子編《昭明文選》，在詩歌支類中立「贈答」一類，收建安以後至梁詩人作品，贈答詩之名於焉產生，贈答詩類於焉成立（註一一）。

對於《文選》贈答詩類聚的共同因素，洪師順隆於〈六朝贈答詩對文類學原理的背離〉一文中，有如下的論述：

這樣看來，如果合詩題和詩歌內容綜合觀察，凡詩題和詩歌內容出現贈答文化語言，不管是同時兼有，或單方面出現，足以標示作品是用於「贈」或用於

「答」的篇什，只要編者認為夠水準的，就選錄於贈答詩下。是則《文選》編者類聚贈答詩的共同因素，乃是贈答的用途。（註一二）

六朝友朋相互酬贈唱和的贈答詩群中，有許多蘊含佛教思想的作品，尤其是文人名士與僧人交遊頻繁，彼此贈答的詩篇自然也就滲入了佛教的思想。如晉．張翼有〈贈沙門竺法頵詩三首〉，康僧淵代竺法頵作〈代答張君祖詩〉答之，而後張翼又作〈答康僧淵詩〉，康僧淵則回以〈又答張君祖詩〉（註一三），這相互往還贈答的六首詩篇，皆含有佛教思想，屬於六朝詩歌中滲入佛教思想的「贈答詩類」篇什。現舉楊苕華、竺僧度的一組贈答詩為例。楊苕華〈贈竺度詩〉云：

大道自無窮，天地長且久。巨石故叵消，芥子亦難數。人生一世間，飄落風過牖。榮華豈不茂，日夕就雕朽。川上有餘吟，日斜思鼓缶。清音可娛耳，滋味可適口。羅紈可飾軀，華冠可耀首。安事自剪削，耽空以害有。不道妄區區，但令君恤後。（《逯書．晉詩．卷二十》，頁一〇八）

據《高僧傳》載：

度少孤獨，與母居。求同郡楊德慎女，女字苕華。未及成禮，苕父母繼亡，度母亦卒。度睹世代無常，乃捨俗出家，改名僧度。苕華服畢，自惟三從之義，無獨立之道，乃與度書並贈詩。度答書報詩，於是專精佛法，後不知所終。

苕華詩自儒家倫理道德觀念出發，在服孝期滿後寫信贈詩給僧度。自「大道自無窮」至「日斜思鼓缶」十句，寫人生與長久的天地相比是那麼短暫，而榮華只有一時，「日夕就雕朽」，所以孔子才有川上之歎：「逝者如斯，不捨晝夜。」自「清音可娛耳」至「耽空以害有」六句，寫「清音」、「滋味」、「羅紈」、「華冠」等，皆為使生活舒適的日常所需，又何必要強自捨棄，「耽空以害有」呢？最後兩句，提出「不孝有三，無後為大」的倫理觀念：就算你不考慮區區賤妾我，也該為王家（僧度本名王晞）的傳宗接代、香火延續著想。

而竺僧度的回贈之詩〈答苕華詩〉則云：

機運無停住，倏忽歲時過。巨石會當竭，芥子豈云多。良由去不息，故令川上嗟。不聞榮啟期，皓首發清歌。布衣可暖身，誰論飾綾羅。今世雖云樂，當奈後生何？罪福良由己，寧云已恤他。（《逯書．晉詩．卷二十》，頁一〇八八～一〇八九）

竺僧度在詩中以佛教的三世輪迴、因果報應思想來回覆苕華的贈詩。自「機運無停住」至「故令川上嗟」六句，是針對苕華詩的前十句而來。對皈依佛門的僧度而言，不僅是人生短暫，其實這大千世界的天地萬物、芸芸眾生，皆處於片刻不停的無常變化之中。自「不聞榮啟期」至「當奈後生何」六句，則是針對苕華詩中「清音可娛耳」以下六句，闡述不同的人生看法。「榮啟期」，用《列子》書中典故，《列子．天瑞篇》云：

孔子游於太山，見榮啟期行乎郕之野，鹿裘帶索，鼓琴而歌。孔子問曰：「先生所以樂，何也？」對曰：「吾樂甚多……。」孔子曰：「善乎！能自寬者也。」

正由於榮啟期無欲無求，所以才能無憂無慮，而生活愉快。「布衣」以下四句，寫布衣暖身、粗食充飢已經足夠，綾羅綢緞則是多餘，若貪求今生一時的舒適享樂，則來生必遭報應、苦果。而最後「罪福良由己」二句，則更說明無論罪福皆來自己身所種之因，至於「恤他」——留後傳宗接代之事，則是無法顧及，與己無關的了。詩中充分反映出作者對佛家「三世輪迴」、「因果報應」思想的正信不移。

## 八、挽歌

挽歌本出自田橫門下，為其門人悼念田橫所唱，後成為悼念死者的作品。六朝詩歌受到佛教語言、思想滲透篇什中的挽歌，僅有北齊・祖珽的〈挽歌〉一首而已。其詩曰：

昔日驅駟馬，謁帝長楊宮。旌懸白雲外，騎獵紅塵中。今來向漳浦，素蓋轉悲風。榮華與歌笑，萬事盡成空。（《逯書・北齊詩・卷二》，頁二二七四）

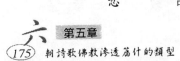

這首詩是作者的自挽之詞，透過對人生追名逐利終不過萬事成空的嗟歎，闡釋佛教「諸行無常」、「萬法皆空」的獨特思想和人生觀。「昔日驅駟馬」以下四句，寫自己往昔執迷於世俗名利，追逐物欲榮華。「長楊宮」，漢代行宮名，此處則代指朝廷或仕途。「今來向漳浦」四句，寫馳騁仕途的榮華過往，如今都成過眼雲煙，不過是鏡花水月一場，萬事萬物都終將成為虛幻和空無。雖僅有此詩一例，但仍可證明六朝挽歌中有佛教思想的滲入篇什。

## 九、雜歌

《文選》雜歌類中，只單純錄有雜歌一種，然洪師順隆於〈六朝雜體詩歌文體性質研究報告〉（註一四）中，則析分雜歌為雜歌、雜謠、雜諺三類。現分舉一例於下。

隋仙道中有〈衛羅國王女配瑛靈鳳歌〉一首，屬雜歌類，其詩云：

杳杳靈鳳，綿綿長歸。悠悠我思，永與願違。萬劫無期，何時來飛。（《逯書．隋詩．卷十》，頁二七八〇）

逯欽立據道教經籍《洞玄本行經》注曰：

西方衛羅國王有女字曰配瑛，與鳳共處。於是靈鳳常以羽翼扇女面，後十二年中，女忽有胎。王意怪之，因斬鳳頭，埋著長林丘中。女後生女，名曰皇妃。王女思靈鳳之遊好，駕而臨之長林丘中，歌曰云云。是鳳鬱然而生，抱女俱飛，逕入雲中。

這首詩無疑是一曲愛情的挽歌。《洞玄本行經》中的故事，或許荒誕無稽，但這首詩歌卻表現出對愛情的堅貞，及對靈鳳的深摯哀思。其中「萬劫無期」的「劫」字為佛教名詞，乃梵文kalpa的音譯，「劫波」或「劫簸」的略稱。意為極久遠的時間。古印度傳說世界經歷若干萬年毀滅一次，而又重新再開始，這樣一個周期叫作一「劫」。後來，佛教各經籍對劫的時間長短有各種不同的說法，但「劫」確為佛教名詞，而被這首雜歌所使用，呈現出六朝仙道中的作品受到佛教影響的痕跡。

再來，舉雜謠為例，如宋．無名氏有〈東陽為釋慧約謠〉：

少達妙理婁居士。（《逯書・宋詩・卷十》，頁一三三一）

逯欽立注曰：

《高僧傳》曰：「釋慧約姓婁氏，年二十始遊於剡，遠會素心，多究經典，故東陽謠曰。」

這句雜謠在稱讚釋慧約年少即已悟達佛法妙理。「居士」為佛教在家信眾，故可知其時慧約應尚未出家。

而宋・雜歌謠辭中有無名氏〈京師為東安鬥場二寺僧語〉，則為雜諺類作品：

鬥場禪師窟，東安談義林。（《逯書・宋詩・卷十》，頁一三三四）

逯欽立據《宋書》注曰：「慧嚴、慧義道人並在安東寺，學行精整，為道俗所推。時鬥場寺多禪僧，京師為之語曰。」這二句雜諺是說鬥場寺是眾多禪師聚集之處，而安東寺則為談論佛經義理的場所。以上三例皆可證明佛教滲入六朝詩歌雜歌一類的作品之中。

## 十、雜詩

《文選》雜詩一類中，有以〈雜詩〉為名者，有因其性質不屬前面二十三類，又不知如何分類者，而皆將之歸於雜詩類者。六朝詩歌佛教滲透篇什中，以〈雜詩〉為名的有晉．釋慧遠的〈廬山東林雜詩〉（註一五）；而無法分析其類，暫歸於〈雜詩〉中的作品，則為數不少。以晉朝為例就有：王齊之〈念佛三昧詩四首〉、支遁〈四月八日讚佛詩〉、〈詠八日詩三首〉、〈五月長齋詩〉、〈八關齋詩三首〉、〈詠禪思道人詩〉、鳩摩羅什〈十喻詩〉、廬山諸沙彌〈觀化決疑詩〉、楊羲〈十月十五日右英夫人說詩令疏四首〉其二〈太虛真人常吟詩〉、其三〈西域真人王君吟詠〉等（註一六）十七首詩。今舉慧遠的〈廬山東林雜詩〉為例：

崇岩吐清氣，幽岫棲神跡。希聲奏群籟，響出山溜滴。有客獨冥遊，徑然忘所適。揮手撫雲門，靈關定足闢。流心叩玄扃，感至理弗隔。孰是騰九霄，不奮沖天翮。妙同趣自均，一悟超三益。（《逯書．晉詩．卷二十》，頁一〇八五）

慧遠是一代佛學大師，為東晉著名的佛教領袖，今僅存此詩傳世，為我國詩壇上最早描繪廬山勝境的作品。廬山東林即廬山東林寺，是慧遠在江州刺史桓伊護持下建立的著名佛寺，亦成為東晉後期南方佛教的中心。慧遠此詩描寫廬山秀麗的景色，但寫作重點則是在表現自己歸心虛無、超然出世的思想。詩中既有佛教與玄學的超然出世思想，又雜有儒家語言，是一首融合三教思想的詩歌。起首四句描寫廬山景色，通過對「崇岩」、「幽岫」及山中瀑布、澗流的描寫，呈現出廬山秀逸出塵的自然風光。自「有客獨冥遊」至「感至理弗隔」六句，寫冥遊而漸有所悟，詩中雖言「有客」，實是作者自己的影子。而「冥遊」即神遊，玄扃，猶言玄門，即大道之門。他遊山心神不在山水之間，而是遨遊於「靈關」、「玄扃」那樣玄寂虛空的境界，進而對佛理至道有所感悟。「孰是騰九霄」以下四句，寫自己遊山後的感懷，能領悟佛、道至理，即可超凡脫塵，猶如騰身「九霄」之上，而不需沖天長翅；而又說佛道的妙趣相同，有賴自身的體悟，一旦能有所感悟，則勝過再多他人談論。三益語出《論語．季氏》：「益者三友……友直、友諒、友多聞。」這裡則是指自己體悟出的道理遠比他人的談論要來得更加真切。

以上所舉各詩，可證明六朝詩歌佛教滲入篇什，依《昭明文選》詩歌分類法分析，共有〈勸勵詩〉、〈獻詩〉、〈祖餞詩〉、〈招隱詩〉、〈遊覽詩〉、〈詠懷詩〉、〈贈答詩〉、〈挽歌〉、〈雜歌〉、〈雜詩〉等十類。其中以〈贈答詩〉與〈遊覽詩〉數量最多。六朝時期文人名士與僧侶間的交遊十分頻繁，他們或是談佛論理，或是共覽山水，或是相互勸勵，留下眾多相互酬贈唱和的詩歌，在這些贈答詩中，自然少不了蘊含佛教思想的作品。而在這種文士與僧人的交遊過程中，儒、佛交會乃至於三教融合的思想，自然也就在哲理的討論中顯現，並呈現於詩歌作品之中。

佛教滲入〈遊覽詩〉一類的作品中，以遊寺院佛塔者居多，這除了文人本身信仰佛教而近佛的因素之外，寺院佛塔數量眾多、建築宏偉可觀、四周環境幽深宜人，是最為主要的原因。而這又與帝王對佛教的提倡和寺院經濟的興盛有關。由於帝王的提倡，眾多佛寺在各階層信徒的布施下興建，梁武帝蕭衍親自敕建的寺院就有：大愛敬寺、智度寺、新林寺、法王寺、光宅寺、仙窟寺、蕭帝寺、解脫寺、開善寺、勸善寺以及同泰寺等，杜牧詩曰：「南朝四百八十寺」，可見當時寺院佛塔之多。而寺院經濟的興盛，也使得佛寺能夠興建出宏偉的建築，營造出幽靜清雅的環境，形成特殊的佛教建築景觀，而這也增加了文人遊佛寺的興致。在如此處處皆有廟宇，山水必見佛寺的情形下，文人雅士在登覽山水時，勢必一遊坐落其間的佛寺幽境，進而興起對佛教理想境界的嚮往，及其對佛理的感悟，而山水景觀與佛理禪悟相結合的佳作，亦於焉產生。

## 第三節　從題材類型探析六朝詩歌中的佛教風貌

洪師順隆〈六朝題材詩系統論〉云：

詩是生活的反映，六朝詩是六朝詩人運用當時所知的題材對生活的反映。所以，詩歌也就是時代題材的反映。（註一七）

欲瞭解六朝時期佛教深入詩人生活的真實風貌為何，佛教又是在哪些領域中影響人們生活最為深刻，實應從詩歌的內容、主題與題材著手。為明確掌握六朝詩歌中佛教滲透篇什的詩歌類型，瞭解六朝詩歌中佛教滲透篇什在各類題材中的分布情形，本節擬以〈六朝題材詩系統論〉的十九個題材類型為準，分析六朝詩歌中的佛教風貌，以期探知六朝詩歌題材類型中受到佛教語言、思想與意識滲透的情況。

### 一、抒情系統

由詩歌的內在因素而言，題材詩中抒情系統的詩歌，顧名思義，其主題和題材大都是環繞著「情」為核心的。而由詩歌的外在因素來談，抒情系統雖然和敘事系統一樣，都是以敘述為其主要的思維形式，但抒情系統的敘述，則是「傾向於主觀的回憶式的傾訴和表白」（註一八），也就是說，抒情系統的詩歌在傾訴時，主要是以「現在時態」為其敘述的語法，即便敘述的是過去發生的事，作者也往往將它調回眼前，成為主體性而非客體性的敘述。

依筆者的觀察和分析，六朝詩歌中受到佛教語言、思想與意識滲透的篇什，其題材類型屬抒情系統的有〈隱逸詩〉、〈玄言詩〉、〈山水詩〉、〈愛情詩〉、〈友誼詩〉與〈狹義詠懷詩〉等六種題材類型，現分別舉例，證之如下。

### (一) 隱逸詩

隱逸詩是以「歌詠窮約生活、企慕古時的高士、隱者、逸民，嚮往山林、江海、農耕、漁釣等世外幽境，甚至以宦達為俗累，以隱逸為高尚的思想」（註一九）而表現的作品。雖然在遊仙詩、山水詩、玄言詩、田園詩等詩類中，也有部分作品帶有隱逸情緒或思想，但它們不是以寫景為主，就是偏重於吟詠抽象的理論，這些作品只能稱為廣義的隱逸詩。而在題材詩系統中所指稱的隱逸詩，則是指狹義的隱逸詩，它必須是「直接觸及隱逸本質或概念的篇什」（註二〇）。

在六朝詩歌滲入佛教語言或思想的篇什中，有屬於隱逸題材類型的作品，如晉・史宗的〈詠懷詩〉即是其中之一。其詩云：

有欲苦不足，無欲亦無憂。未若清虛者，帶索被玄裘。浮遊一世間，泛若不繫舟。方當畢塵累，栖志老山丘。（《逯書・晉詩・卷二十》，頁一〇八七）

史宗，其身世不詳，因常著麻衣，故世號麻衣道士。根據《高僧傳》所載：

宗常在廣陵白土埭，憑埭謳唱，引綍以自欣暢，得直隨以施人。時高平檀祇為江都令，聞而召來。應對機捷，無所拘滯，博達稽古，辨說玄儒，乃賦〈詠懷詩〉一首。檀祇知非常人，遣還所在。遺布二十疋，悉以乞人。

這首詩就是史宗當時的即興之作，是一首宣揚佛理，抒發遁世之志的詩歌，詩中表現出無欲無憂、超凡脫俗的人生觀及生活態度。起首二句「有欲苦不足，無欲亦無憂」，可說是一種佛家式的人生體悟。《大智度論》云：

眾生常為五欲所惱，而又求之不已。此五欲者得之轉劇，如火炙疥，……為之後世受無量苦。

五欲，即色、聲、香、味、觸等五塵，因其能使人生貪欲之心，故又稱為五欲。另，財欲、色欲、飲食欲、名欲、睡眠欲等，亦稱為五欲。佛教把「五欲」視為眾生陷入生死輪迴而不得解脫的根本原因。史宗這兩句詩，說明人生的種種痛苦煩惱，皆來自於人類永難滿足的欲望，使眾生墮入無邊的苦海之中；若人能擺脫對外物的種種執著，自可無憂無慮。這兩句詩，一正一反，點出貪欲乃是人生諸苦的根本。而佛家也認為：斷除煩惱妄念，正是自三界六道的輪迴中解脫成佛的途徑與方法。「未若清虛者，帶索被玄袠」，說的正是一種擺脫生死、無欲無憂的生活方式。「清虛者」，指深諳萬法皆空、心地清虛之人。「帶索被玄袠」除了指身著粗衣的簡樸生活之外，「玄袠」二字也含有沈浸妙理、依道家玄思的人生觀而生存之意。「浮遊一世間」以下四句，則寫出詩人超脫塵世的志願，亦即全詩的主題思想。在作者看來，人生猶如一條無船纜維繫的孤舟，在茫茫塵世間自由自在地浮遊，故應當擺脫塵世的一切羈絆，「棲志老山丘」，在遠離人世喧囂擾攘的山林裡，讓自己的身心得到棲息。前面的種種說理論道，都可說是為這最後所要傳達的隱逸之思作準備。

這是首傳達隱逸思想、企慕隱逸生活的詩作，無疑屬於題材詩系統中隱逸詩的題材範圍。

## (二) 玄言詩

所謂玄言詩，是指以玄言為表現題材的詩。詩歌的內容主要在於表現「玄」的本體，以及映現這本體的境界，抒發企慕這本體的思想，描述追求這本體的心態，闡明這本體的概念，進而以玄學語言詮釋生活的作品（註二一）。而「玄」所蘊含的題材，則包括三玄：《易經》、《老子》、《莊子》，以及佛理等四者，洪師順隆在〈玄言詩論〉一文中說：

「談道」的內容，先是以「莊、老玄勝為主」。後來，「佛理三世之辭」也加進去了。……因此，我們可以說，以《易經》、《老子》、《莊子》、佛經的語言入詩，而進入上述玄言詩範疇的，就是當時（指六朝時期）玄言詩人在玄言詩中所運營的匠心所在。而且，就今存所有玄言詩的內容看，的確也四者兼容並包。所以，……玄言詩的範圍應包括所有吟詠這四者的篇什在內。尤其，在詩的本質上以吟詠這四者所謂「道」、「理」的，都應把它當作討論的對象。（註二二）

既然佛理為玄言詩的內容主題之一，而佛經語言也成為玄言詩表現主題和題材的符號，那麼在六朝詩歌佛教所滲入的篇什中，其詩歌的本質在吟詠佛理、主題在敘述佛教思想、語言以佛教語彙為主的作品，皆屬〈玄言詩〉的範圍。歸屬於玄言詩題材類型的作品，在整個六朝含有佛教語言或思想的詩歌中，為數最多。如梁．江淹的〈吳中禮石佛詩〉，其詩云：

幻生太浮詭，長思多沈疑。疑思不慙炤，詭生寧盡時。敬承積劫下，金光鑠海湄。光宅斂棼炭，藥草匝恵滋。常願樂此道，誦經空山坻。禪心暮不雜，寂行好無私。軒騎久已訣，親愛不留遲。憂傷漫漫情，靈意終不淄。誓尋青蓮果，永入梵庭期。（《逯書．梁詩．卷三》，頁一五六六）

這是一首禮謁石佛而心有所悟之詩，詩人不但讚頌佛祖濟世渡人的無量功德，同時也表達己身皈依佛教的誓願。詩中大量使用佛教語言及佛經典故，是一首標準的表現佛教思想的〈玄言詩〉。自「幻生太浮詭」至「詭生寧盡時」四句，詩人首先從人生的虛幻與困惑寫起。人生如幻夢一場，諸行無常而變化紛紜，靜心而思，常使人感到困惑迷惘。身在其間，若不能深自省察，覺悟人生的罪愆，則困惑將終不能解，而永在因果中輪迴。「敬承積劫下」二句，則寫出詩題——禮謁石佛。佛之智慧如光明照破長夜，使眾生得以覺悟，其功德是無量的。而在歷經千百億劫之後，自己能到此處瞻仰禮拜佛祖，感到無上榮幸。雖然是一座石佛，但佛祖智慧的靈光，依舊光耀四方，照徹海濱。「火宅斂棼炭」二句，則是由禮佛進而讚佛。「火宅」、「藥草」皆為《法華經》中著名的七喻之一。「火宅」，即指「火宅三車喻」，已於本章第二節〈從傳統詩歌類型分析六朝詩歌中的佛教風貌〉五、〈遊覽詩〉所舉例詩：陳．何處士之〈春日從將軍遊山寺詩〉

中作過說明，此處不再重述。「藥草」，指「藥草喻」，又作「雲雨喻」，出自《法華經．藥草喻品》。藥草喻是以雨比喻佛陀的教法；以藥草比喻三乘人的根性。藥草分小草、中草、大草三種。小草比喻人、天，中草比喻聲聞、緣覺，大草則比喻菩薩。藥草雖有大小不同，但若蒙受雲雨的滋潤，則皆得以敷榮繁茂，而能治療百病。故用以比喻三乘人的根性雖有高下的不同，但若蒙受如來慈雲法雨的滋潤，則能成大醫王而普救眾生。江淹這兩句詩是說：人生三界，如在火宅之中而痛苦不堪；佛祖以智慧開悟眾生，使之覺悟火宅之苦而由其中逃脫，故而如「火宅斂焚炭」。又，眾生如草藥，大小殊異，而佛陀智慧如雨降落，眾生得以各依根性而滋生智性，故云：「藥草匝惠滋」。從「常願樂此道」以下，詩人由頌佛轉而表達自己傾心向佛的誓願。自「常願樂此道」至「寂行好無私」四句，寫自己理想中的修行生活。詩人早已樂善佛道，也早想離俗出家了，他希望能在寂靜的山腳下，誦經習禪、修行佛法，禪心始終靜而不雜，好寂而不生貪欲執著，過著自己理想中的修行生活。「軒騎久已訣」至「永入梵庭期」六句，寫自己並非空想、打算而已，而是確實在準備與實行了。他早就訣別了車馬服飾，連家中的親人也無法使自己留連、遲疑。親人雖然情意深切，表現出無限憂傷，但我向佛的決心卻堅定而絕不受染。「青蓮果」，因青蓮之葉修廣，青白分明，故佛書中常以之譬喻佛眼，而以青蓮果喻無上覺悟之正果。「梵庭」，應指梵天，即離欲清靜的色界初禪天。詩人在最後兩句詩中，透露出更加堅決的向佛意念，他立誓要求得正果，永遠在清寂無欲的佛國淨土中生活。

再看梁宣帝蕭詧的〈迎舍利詩〉，詩曰：

釋迦稱散體，多寶號金軀。白玉誠非比，黃金良莫踰。變見絕言象，端異乃冥符。靈知雖隱顯，妙色豈榮枯。唯當千劫後，方成無價珠。（《逯書．梁詩．卷二十七》，頁二一〇五）

「舍利」，梵語sarira，即死屍、遺骨之意。通常指佛陀之遺骨，而又稱為佛骨、佛舍利。《金光明經．捨身品》曰：「舍利者，最戒定慧之所薰修，甚難可得，最上福田。」一般所說舍利為骨片，故其形狀、大小不一，質地堅硬而細緻；我國則多以豆粒狀者稱為舍利。蕭詧這首詩就是一首讚頌佛舍利的詩作。自「釋迦稱散體」至「黃金良莫踰」，寫佛舍利的難得與珍貴。舍利是佛祖釋迦牟尼的「散體」，佛陀的金身化為眾多的舍利，讓眾生供養禮拜。佛舍利的珍貴，不但非白玉可以相比，更遠勝於黃金。「變見絕言象」至「方成無價寶」六句，寫不同平常的跡象是神授的符命，沒有什麼好奇怪而加以談論的，正如靈知有隱有顯、妙色有榮有枯，都是自然變化的現象。只有歷經千百億劫的變化輪迴之後，才能形成無價的佛舍利。

以上所舉二例詩，使用佛教語言、運用佛教典故、闡釋佛教思想，其內容主題與所使用語言皆屬玄言範疇，是標準的玄言題材詩類型。

## (三) 山水詩

所謂的〈山水詩〉，是指以描寫山水為目的，詩人的意識集中在山水上，其主題是山水景物，而全詩所醞釀的氣氛是純山水味道的詩歌。山水詩的主題是寫山水以表達愛好自然的感情，題材是以山水景觀為主，而詩人的寫作則是出於娛情的娛樂心理（註二三）。山水詩這種題材類型，如依照詩中題材分布，可再細分為二，即自然山水與莊園人造山水兩種。（註二四）六朝滲入佛教的詩歌作品中，歸屬於山水題材詩類型的詩章不少，且包含有自然山水與莊園人造山水兩種題材，現分別舉例證之。

如南朝宋著名的山水詩人謝靈運，其作品〈從斤竹澗越嶺溪行〉，即屬山水題材詩類型中的自然山水題材。其詩云：

猿鳴誠知曙，谷幽光未顯。巖下雲方合，花上露猶泫。逶迤傍隈隩，迢遞陟陘峴。過澗既厲急，登棧亦陵緬。川渚屢徑復，乘流翫迴轉。蘋萍泛沈深，菰蒲冒清淺。企石挹飛泉，攀林摘葉卷。想見山阿人，薜蘿若在眼。握蘭勤徒結，折麻心莫展。情用賞為美，事昧竟誰辨？觀此遺物慮，一悟得所遣。（《逯書・宋詩・卷二》，頁一一六六～一一六七）

謝靈運這首詩寫登覽山水所見的景物，並於詩尾道出登覽山水的感悟之言。起首二句，點出詩人出遊的時間，是在天尚未亮時。在幽深的山谷中，晨光未顯，只能從猿猴的鳴叫中，知道天將露曙。而「巖下雲方合」二句，則是描繪出一幅美麗的晨景。雲霧繚繞於山巖之下，花草樹木上的晨露輕滴。自「逶迤傍隈隩」至「攀林摘葉卷」十句，寫詩人於此出遊，一路上「過澗」、「登棧」，漸遊漸遠，不畏懼沿途的艱險曲折，反而能玩賞山水、怡然自得。「想見山阿人」至「折麻心莫展」四句，運用《楚辭・九歌・山鬼》的典故，寫自己心中的鬱結。〈山鬼〉這篇作品，主要表現的是山鬼和她的戀人之間的深摯熱戀，以及相見艱難的濃厚惆悵。「想見山阿人，薜蘿若在眼」二句，化用了〈山鬼〉的開頭兩句：「若有人兮山之阿，被薜荔兮帶女蘿。」山坳中那戴著香草的山神彷佛就在眼前，想折下香花贈送以表達我的殷勤心意，但卻只能「心莫展」，而徒成鬱結。最後「情用賞為美」以下四句，則道出遊覽山水的感悟。情感以遊賞、閒適為美，何況過往之事暗昧不清，竟然無人可為之辨明。倒不如觀覽勝景，遣去種種物慮，以一個「悟」字做為排遣鬱結之道。謝靈運的山水詩作，往往在描山繪水、清新可喜的詩句之後，以說理做為結尾，把由對大自然的美感所激發起的人生情趣，與出世的佛理玄思相揉合，在對自然風光的生動描寫中，流露出出世的意識。而這首〈從斤竹澗越嶺溪行〉，正是其中之一。

再看六朝詩歌滲入佛教篇什中，屬於莊園人造山水題材類型的詩章。這類作品多半是描寫佛教建築，如佛寺、浮圖等景觀的詩歌。佛教的寺院殿堂是供奉佛與菩薩的處所，也是出家僧尼生活、居住與修持佛法的地方，是所有佛教活動的中心。而中國佛寺的建造，乃發軔於東漢，風靡於六朝，而繼盛於唐代，杜牧詩云：「南朝四百八十寺，多少樓臺煙雨中。」正是自然山川中遍有佛寺梵宮的寫照。佛寺的莊嚴建築、清幽景色及濃厚的宗教氛圍，常帶給詩人創作的靈感和衝動，使詩人對佛寺及其周圍環境描述的同時，亦融入了自身對佛理的感悟與認同。隋．孔德紹的〈登白馬山護明寺詩〉即為一例，其詩曰：

名岳標形勝，危峰遠鬱紆。成象建環極，大壯闡規模。層臺聳靈鷲，高殿邇陽烏。暫同遊閬苑，還類入仙都。三休開碧題，萬戶洞金鋪。攝心罄前禮，訪道挹中虛。遙瞻盡地軸，長望極天隅。白雲起梁棟，丹霞映栱櫨。露花疑濯錦，泉月似沈珠。今日桃源客，相顧失歸塗。（《逯書．隋詩．卷六》，頁二七二一～二七二二）

起首「名岳標形勝」至「大壯闡規模」四句，寫佛寺的所在及寺院建築的規模宏大。在「名岳」、「危峰」之上，一座佛寺遠離塵囂的高踞其間，它的「成象」環繞拱衛，而「規模」宏偉盛大。「大壯」，《易經》卦名，乾上震下，陽剛盛長之象，這裡則作宏偉盛大貌解。「層臺」以下二句，是對佛寺中「層臺」、「高殿」的描述。「靈鷲」，指靈鷲山，佛陀曾在此說《法華經》，故佛家以此山為勝地，而這裡則是借以比喻層臺的高、奇。「陽烏」，古代傳說中居於太陽裡的三足烏，這裡借指太陽。「高殿邇陽烏」

之意為：殿堂之高，幾乎及於太陽。自「暫同遊閬苑」二句，寫在這樣的寺宇中觀覽，如同遊於仙人的居所，進入脫俗的境界。「閬苑」，閬風之苑，傳說中仙人的住處。接著，「三休開碧題」至「訪道挹中虛」四句，詩人轉而環視寺院殿堂之內，但見碧題金鋪，一派金碧輝煌的氣象，詩人即在此以攝定之心、虛懷之態行禮、「訪道」。「遙瞻盡地軸」至「相顧失歸塗」八句，則寫詩人行禮訪道後，步出寺殿，極目遠望，海角天涯，一覽無遺；而回望寺殿周圍，白雲環繞、丹霞輝映；俯看大地，山花沾露像是洗淨的錦布，山泉映月如同水底的明珠。身處於如此秀美的世外之境，詩人自不免發出「今日桃源客，相顧失歸塗」的感歎，而傳達出出世之念。以出世之思作為結尾，是六朝遊佛寺詩時常採用的方式。

## （四）愛情詩

愛情詩原屬狹義抒情詩題材類型。所謂狹義抒情詩，是以詩人自己的情感為主題，而加以抒發，並將之投射於接受對象，接受對象必為人，詩人在詩中運用景、物、事、理等為題材，作為表達的工具，以向對象傾訴（註二五）。後洪師又依接受對象身分的不同，析分狹義抒情詩為：〈愛情詩〉、〈親情詩〉、〈友誼詩〉三種類型。其中，愛情詩的接受對象是戀人，其內容即在於表現男女之間的愛情，包含企慕之情與哀思悼情（註二六）。六朝詩歌滲入佛教語言或思想的篇什中，屬於愛情詩這一題材類型的作品僅有兩首，一為梁武帝蕭衍的〈歡聞歌二首〉其一，另一則為本章第二節〈雜歌〉類中所舉的例詩：隋．仙道〈衛羅國王女配瑛靈鳳歌〉（註二七）。今以蕭衍之詩為例，證明六朝詩歌滲入佛教篇什中，確有〈愛情詩〉的存在。詩云：

豔豔金樓女，心如玉池蓮。持底報郎恩，俱期遊梵天。

這首詩寫美麗的金樓女，為愛情願與郎君俱修佛法，期望能攜手一同進入離欲寂靜的梵天。據《梁書．高祖丁貴嬪傳》載：

及高祖弘佛教，貴嬪奉而行之，屏絕滋腴，長進蔬膳。受戒日，甘露降于殿前，方一丈五尺。高祖所立經義，皆得其指歸。尤精《淨名經》。所受供賜悉以充法事。

《梁書》中丁貴嬪的形象與詩中所寫的「金樓女」頗為吻合，應是武帝以丁貴嬪為模特兒而寫成的作品。蕭衍在詩中盛讚丁貴嬪虔信向佛，「心如玉池蓮」，愛情真摯，為報答自己對她的愛，亦修持佛法，希望能「俱遊梵天」。（註二八）這是一首十分羅曼蒂克的愛情詩。

## （五）友誼詩

友誼詩與表現男女愛情的篇章不同，它是另一種類型的狹義抒情詩。所謂「友」，是指與自己氣類相合、心志相同之人。對友人的情愛就是友誼，因它可以藩身，所以為人所重、所樂道。而〈友誼詩〉，就是在詩歌中表現對友人的情愛的篇什，包括別情、懷思、悼亡等因抒發時節與活動不同，而在性質上產生歧異的三種情感（註二九）。

以梁．劉孝綽〈酬陸長史倕詩〉為例，其詩云：

王粲始一別，猶且歎風雲。況余屢之遠，與子亟離群。如何持此念，復為今日分。分悲宛如昨，弦望殊揮霍。行舟雖不見，行程猶可度。度君路應遠，期寄新詩返。相望且相思，勞朝復勞晚。薄暮闇人進，果得承芳信。殷勤覽妙書，留連披雅韻。冽洲財賦總，慈山行旅鎮。已切臨睨情，遽動思歸引。歸歟不可即，前途方未極。覽諷欲諼誚，研尋還慨息。來喻勗雕金，比質非所任。虛薄無時用，徘徊守故林。屏居青門外，結宇霸城陰。竹庭已南映，池牖復東臨。喬柯貫簷上，垂條拂戶陰。條開風暫入，葉合影還沈。帷屏溽早露，階霤擾昏禽。衡門謝車馬，賓席簡衣簪。雖愧陽陵曲，寧無流水琴。蕭條聊屬和，寂寞少知音。平生竟何托，懷抱共君深。一朝四美廢，方見百憂侵。曰余濫官守，因之泝廬久。水接淺原陰，山帶荊門右。從容少職事，疲病疏僚友。命駕獨尋幽，淹留宿廬阜。廬阜擅高名，岧岧凌太清。舒雲類紫府，標霞同赤城。北上輪難進，東封馬易驚。未若茲山險，車騎息逢迎。山橫路似絕，徑側樹如傾。蒙籠乍一啟，磥硊無暫平。倚巖忽迴望，援蘿遂上征。乍覩秦帝石，復憩周王城。交峰隱玉霤，對澗距金楹。風傳鳳臺琯，雲渡洛賓笙。紫書時不至，丹爐且未成。無因追羽翮，及爾宴蓬瀛。蓬瀛不可託，悵然反城郭。時過馬鳴院，偶憩鹿園閣。既異人世勞，聊比化城樂。影塔圖花樹，經臺總香藥。月殿曜朱旛，風輪和寶鐸。園楥即重嶺，階基仍巨壑。朝猿響甍棟，夜水聲帷薄。餘景鶩登臨，方宵盡談謔。談謔有名僧，慧義似傳燈。遠師教逾闡，生公道復弘。小乘非汲引，法善招報能。積迷頓已悟，為懽得未曾。為懽誠已往，坐臥猶懷想。況復心所積，茲地多諧賞。惜哉無輕軸，更泛輪湖上。可思不可見，離念空盈蕩。賈生傅南國，平子相東阿。優游匡贊罷，縱橫辭賦多。方才幸同貫，無令絕詠歌。幽谷雖云阻，煩君計吏過。（《逯書・梁詩・卷十六》，頁一八三三～一八三四）

劉孝綽這首長詩是寫給好友陸倕，傾訴別後思念之情，並告以自己別後的種種生活情形。自「王粲始一別」至「期寄新詩返」十二句，是詩人追憶與友人分別的情形，並「期寄新詩返」，希望友人能捎來信息。「相望且相思」至「留連披雅韻」六句，寫別後對友人的思念之情，且在「果得承芳信」後，「殷勤覽妙書」、「留連披雅韻」的欣喜之情。自「冽洲財賦總」至「賓席簡衣簪」二十四句，寫自己別後「屏居青門外，結宇霸城陰」的歸隱式生活，及「衡門謝車馬，賓席簡衣簪」等生活情形。「雖愧陽陵曲」至「疲病疏僚右」十四句，亦訴別後生活情形。「寂寞少知音」、「疲病疏僚友」，對友人陸倕的思念之情愈見深切，因而發出「平生竟何托，懷抱共君深」的感歎。從「命駕獨尋幽」至「及爾宴蓬瀛」等二十六句，寫詩人至廬山遊覽尋幽。「廬阜」，即廬山。經過險阻的山路後，「援蘿遂上征」，觀覽過秦帝石，又在周王城稍作休憩，在山水美景中興起成仙之思。但是「紫書不至」而「丹爐未成」，無法羽化登仙，到達蓬瀛仙境。「紫書」，指道教經書。「丹爐」，煉丹的爐灶，這裡則借指成仙的長生丹藥。「蓬瀛」，蓬萊和瀛洲，皆神山名，相傳為仙人所居之處。自「蓬瀛不可託」至「為懽得未曾」二十四句，寫自已知道「蓬瀛不可託」而「悵然反城郭」的回程路上，經過馬鳴院、鹿園閣等處，並與當地名僧「方宵盡談謔」而有所感悟。眾名僧「慧義似傳燈」，不但闡釋慧遠大師所傳的佛教義理，更弘揚了竺道生主張的「頓悟」之道，使受教的我「積迷頓已悟」，得到未曾領略過的歡欣。結尾「為懽誠已往」至「煩君計吏過」十六句，又訴對友人「可思不可見，離念空盈蕩」的相思之情，並希望友人能再捎來訊息，雖兩人山川相隔、距離遙遠，但希冀「煩君計吏過」，而能「無令絕詠歌」。這是一首表現對友人別後懷念之思的篇章，是一首標準的〈友誼詩〉。

## （六）狹義詠懷詩

狹義詠懷詩屬於傳統廣義的詠懷詩的一部分，它雖然也是「個人吟哦」的詩歌，但心靈所「懷」，只限於「立身出世、社會人生的感受」，出於自我傾訴，「直述其懷」的領域。簡而言之，所謂的狹義詠懷詩，是指寫個人心志，屬於自我詠歎、自我省察「個人心事」的詩歌篇什（註三〇）。洪師順隆在〈六朝詠懷題材詩論〉一文中，對「狹義詠懷詩」有進一步的釐清與說明：

> 狹義的詠懷詩是以敘述的思維形式進行構思，其表現視點是以第一人稱的主觀視點，把主題感情投射出去的，而且那投射是向自我的反射，而非向外物的直射，是「切近生命的主觀詠歎，傳達出個人的嚮慕、焦慮、慘戚、哀求的」，這是它和其他非詠懷的題材詩區別的界碑，是它和抒情詩的明顯界線，……它的題材是詩人的「懷」——「懷抱之事」，……它的結構就是以此主題感情「自我心事」的中心，成為次元題材的輻射焦點，去構造詠懷殿堂的；它的技巧以敘述、傾訴為主，藉此把自己的心事抒發出來。（註三一）

狹義詠懷詩依其主題的不同，可分為世懷型與秋懷型兩種：世懷型的內容主要表現由社會事件引發的心境；而秋懷型內容則是詩人由自然節候所誘發的心境描繪。這兩種主題類型，又可依其所呈現的心態，再析分為表現憂傷意識的憂懷與表現澄靜安泰心境的澄懷兩類（註三二）。六朝詩歌滲入佛教篇什中，歸屬於狹義詠懷詩題材類型的作品，大都是屬於世懷型主題的篇章。其中，宋．謝靈運的〈臨終詩〉表現出蒙冤之憤與不甘之憾；北齊．祖珽的〈挽歌〉則發出人生追名逐利終不過萬事成空的嗟歎；陳．釋智愷的〈臨終詩〉所表現的是人生苦短、生命終空的心識；隋．釋靈裕的〈臨終詩二首〉所呈現的是速終之哀與永殯之痛。以上諸詩，皆為憂懷主題的表現（註三三）。而晉．苻朗的〈臨終詩〉顯現身臨生命終極，遂委命任冥化，逍遙無憂懼的心態；隋．釋智命的〈臨終詩〉表現出純粹佛家生死均幻，面對死亡而安心無懼的大智慧（註三四），則皆為澄懷主題的呈現。現分別舉例論述之。

如隋．釋靈裕〈臨終詩二首〉其一〈哀速終〉，詩曰：

今日坐高堂，明朝臥長棘。一生聊已竟，來報將何息？

據《續高僧傳》所載：

於時鄴下昌言裕師將過世矣。道俗雲合，同稟歸戒。訪傳音之無從。裕亦信福命之有盡，乃示誨善惡，勵諸門人。從覺不悆，至第七日援筆製詩二首。

這首詩就是釋靈裕臨終時「援筆製詩二首」中的第一首。詩中透過「今日坐高堂，明朝臥長棘」的兩相對比，顯現人生短促、生命速終之哀，更感歎於「來報」的永不停息。這是詩人在面對生命終極，而感懷悲悼，產生人生竟如此短促的憂懷悲感，屬六朝狹義詠懷詩世懷型主題中憂懷意識的表現。

再看屬澄懷主題的隋．釋智命〈臨終詩〉，其詩云：

幻生還幻滅，大幻莫過身。安心自有處，求人無有人。

《智度論》曰：「眾生如幻。」《圓覺經》亦云：「幻身滅，故幻心亦滅。」釋智命體悟佛家生死均幻的佛理，故面對生命終極時，能展現安心自處、無所畏懼的大智慧，這樣的生命觀，可說是純由佛教「萬法皆空」的思想中蘊孕出來的。以上所述諸詩，皆可證六朝狹義詠懷詩題材類型的作品中，有佛教語言及思想的滲入。

綜上所述，可知六朝詩歌佛教滲入篇什中，屬抒情系統的題材詩類型有：〈隱逸詩〉、〈玄言詩〉、〈山水詩〉、〈愛情詩〉、〈友誼詩〉以及〈狹義詠懷詩〉六類。

## 二、敘事系統

由詩歌的內在因素而言，題材詩中敘事系統的詩歌，其主題和題材都是以「事」為核心。而由詩歌的外在因素來談，敘事系統和抒情系統一樣，都是以敘述為主要的思維形式，但不同於抒情系統主觀回憶式的敘述，敘事系統的敘述是比較傾向於客觀的、記憶性的指述和呈現。故敘事系統詩歌的語言重在呈現。而由於敘事系統篇什的主題都是記憶的呈現，所以它不是主體性，而是客體性（註三五）。

依照筆者的探析，六朝詩歌中受到佛教語言、思想與意識滲透的篇什，其題材類型屬於敘事系統的，僅有〈狹義敘事詩〉一類。狹義敘事詩是以「事件的敘述」為主調的篇什，且其題材多以日常生活中的事件及頌美友僚為主。如北齊・蕭愨的〈和崔侍中從駕經山寺詩〉，詩云：

鉤陳夜警徼，河漢曉參橫。游騎騰文馬，前驅轉翠旗。野禽喧曙色，山樹動秋聲。雲表金輪見，巖端畫栱明。塔疑從地涌，蓋似積香成。泉高下溜急，松古上枝平。儀台多壯思，麗藻蔚緣情。自嗤非照廡，何以繼連城。（見《逯書・北齊詩・卷二》，頁二二七六）

這首詩寫一次「隨駕出遊」的經過，主題是敘述「隨駕出遊」這件「事」，故將此詩歸於〈狹義敘事詩〉一類中。詩歌的開頭兩句，寫出遊的時間，其時尚未破曉，而天空中星光燦爛。接著的「游騎騰文馬，前驅轉翠旗」二句，則是寫侍從隊伍的陣容盛大，顯露出帝王之家的威嚴肅穆之氣。自「野禽喧曙色」至「巖端畫栱明」四句，寫從侍隊伍經過所見的自然景色。而「塔疑從地涌」至「松古上枝平」四句，則寫佛塔、幢蓋與佛寺周圍的景觀。最後「儀台多壯思」四句，是唱和詩作中最常見的謙遜與客套之辭。「照廡」，用隋珠之典。據《搜神記》所載：「隋侯行，見大蛇傷，救而治之。其後蛇銜珠以報之，徑盈寸，純白而夜光，可以燭堂，故歷世稱焉。」「燭堂」與「照廡」同義。「連城」，即指價值連城的和氏璧。這幾句是說：崔侍中的詩作，思維宏壯、詞藻豐麗、緣情而發，本應該有珠聯璧合的和詩，但是自己的作品不像隋侯之珠那麼珍貴美好，自不能和崔侍中如同連城之璧的原詩相匹配。

再看梁．劉之遴的〈嘲伏挺詩〉：

傳聞伏不鬥，化為支道林。（《逯書．梁詩．卷十六》，頁一八五四～一八五五）

根據《南史．劉之遴傳》載：

侯景初以蕭正德為帝，之遴時落景所，將使授璽紱。之遴預知，仍剃髮披法服乃免。先是，平昌伏挺出家，之遴為詩嘲之曰云云，及之遴遇亂，遂披染服，時人笑之。

這兩句詩中的「支道林」，是借以代指出家的僧人。劉之遴此詩主要在嘲諷伏挺出家這件事，故屬〈狹義敘事詩〉題材類型。六朝滲入佛教語言的〈雜謠〉、〈雜諺〉，多與劉之遴此詩類似，如北魏・民間無名氏雜諺〈楊衒之引語〉曰：

洛陽男兒急作髻，瑤光寺尼奪作婿。（《逯書・北魏詩・卷三》，頁二二三九）

逯欽立據《洛陽伽藍記・卷一》注云：

爾朱兆入洛陽，縱兵大掠。時有秀容胡騎數十人入寺淫穢，自此後頗獲譏訕。京師語曰……。

這兩句雜諺，寫「秀容胡騎入寺淫穢」這件事，故亦屬「狹義敘事詩」題材類型。

綜上所論，可知六朝詩歌中受到佛教語言、思想與意識滲透的篇什，其題材類型有：屬於抒情系統的〈隱逸詩〉、〈玄言詩〉、〈山水詩〉、〈愛情詩〉、〈友誼詩〉以及〈狹義詠懷詩〉六類；有屬於敘事系統的〈狹義敘事詩〉一類，總計共兩大系統、七種題材類型。由此，吾人應可清楚地掌握六朝詩歌滲入佛教篇什，在六朝題材詩類型中分布的情形。其屬敘事系統的只有〈狹義敘事詩〉一類，除〈雜諺〉、〈雜謠〉外，僅寥寥一、二首詩，其餘皆屬抒情系統。由此可見，宗教的確是深入心靈的意識形態，它不斷地以各種形態滲入社會文化和現實生活中，主宰著人們的思維和意識，表現於詩歌之中，就成為主題內容環繞著「情」為核心的抒情詩篇。

## 注釋

註一　以上參考古遠清：《詩歌分類學》（高雄．復文圖書出版社，民國八十年九月初版），頁一。

註二　本節主要參考洪師順隆：〈六朝題材詩系統論〉一文，見《抒情與敘事》（臺北．黎明文化公司，民國八十七年十二月初版），頁三六三～四三八。

註三　同註一，頁二一～一四八；黃鋼：《詩的藝術》，（新疆大學出版社，一九九二年五月，一版一刷），頁一〇五～一一二。

註四　同註二，頁三七七～三七八。

註五　洪師在〈六朝題材詩系統論〉中，原只提出兩大系統、十六類型。而後又研究分析，增〈狹義敘事詩〉於敘事系統中，並分〈狹義抒情詩〉為〈愛情詩〉、〈親情詩〉、〈友誼詩〉三類，而成十九個類型。

註六　見《逯書．梁詩．卷二十一》，頁一九二八、《逯書．北周詩．卷二》，頁二三六三。

註七　參考洪師順隆：〈論六朝祖餞詩群對文類學原理的背離〉（《第三屆魏晉南北朝文學國際學術研討會論文集》，臺北．文史哲出版社，民國八十七年八月初版），頁四五四～四四五五。

註八　參見洪師順隆：〈論六朝隱逸詩〉（《由隱逸到宮體》，臺北．文史哲出版社，民國七十三年七月文一版），頁七～九。

註九　參考洪師順隆：〈《文選．詠懷詩》論：與我的六朝題材詩中的詠懷詩觀比較〉，《抒情與敘事》，（同註二），頁三二七～三三六。

註一〇　分別見《逯書．晉詩．卷十二》，頁八九一～八九二、《逯書．晉詩．卷二十》，頁一〇八〇～一〇八一、《逯書．晉詩．卷二十》，頁一〇八一、《逯書．晉詩．卷二十》，頁一〇八七。

註一一　參考洪師順隆：〈六朝贈答詩對文類學原理的背離〉一文，（發表於中國文化大學文學院主辦之「魏晉南北朝國際學術討論會」），頁三～六。

註一二　同上註，頁六。

註一三　分別見《逯書・晉詩・卷十二》，頁八九三、《逯書・晉詩・卷二十》，頁一〇七五、《逯書・晉詩・卷十二》，頁八九三～八九四、《逯書・晉詩・卷二十》，頁一〇七六。

註一四　國科會八十八年度專題研究計劃。

註一五　見《逯書・晉詩・卷二十》，頁一〇八五。

註一六　見《逯書・晉詩・卷十四》，頁九三九、《逯書・晉詩・卷二十》，頁一〇七七、《逯書・晉詩・卷二十》，頁一〇七八、《逯書・晉詩・卷二十》，頁一〇七八、《逯書・晉詩・卷二十》，頁一〇七九-一〇八〇、《逯書・晉詩・卷二十》，頁一〇八三、《逯書・晉詩・卷二十一》，頁一〇八四、《逯書・晉詩・卷二十一》，頁一一一六。

註一七　同註二，頁三八四。

註一八　同上註，頁三八六。

註一九　同註八，頁四。

註二〇　同上註，頁五。

註二一　見洪師順隆：〈玄言詩論〉（《由隱逸到宮體》，（同註八）），頁九七。

註二二　同上註，頁九八～九九。

註二三　參考洪師順隆：〈山水詩起源與發展新論〉，《六朝詩論》，臺北．文津出版社，民國七十四年三月再版），頁五九。

註二四　同註二，頁三九六。

註二五　參考洪師順隆：〈論六朝抒情詩〉（《抒情與敘事》，（同註二）），頁二〇三～二〇四。

註二六　同註二十五，頁二〇四～二一三。

註二七　分別見《逯書．梁詩．卷一》，頁一五一八、《逯書．隋詩．卷十》，頁二七八〇。

註二八　參考洪師順隆：〈梁武帝蕭衍作品的宗教風貌〉（臺北．《國立編譯館館刊》，民國八十六年十二月，第二十六卷第二期），頁八四。

註二九　同註二五，頁二一三～二二〇。

註三〇　參考洪師順隆：〈六朝詠懷題材詩論〉（《抒情與敘事》，臺北．黎明文化公司，民國八十七年十二月初版），頁四九七。

註三一　同上註，頁四九六～四九七。

註三二　同上註，頁五〇六～五一六。

註三三　分別見《逯書・宋詩・卷七》，頁一一八六、《逯書・北齊詩・卷二》，頁二二七四、《逯書・陳詩・卷十》，頁二六二五、《逯書・隋詩・卷十》，頁二七七六。

註三四　分別見《逯書・晉詩・卷十四》，頁九三三、《逯書・隋詩・卷十》，頁二七七六～二七七七。

註三五　同註二，頁三八六。

# 第六章 六朝名家詩歌中的佛教樣相

佛教初傳中國之時，中國已是一個文化高度發展的國家，當時中國人的傳統文化與固有意識，皆十分豐富且深入人心，相較於佛教此一外來宗教，中國傳統文化無疑具有其優越性，而這也就使得佛教思想的輸入，對中國人而言，是一種文化的「融會」而非「征服」。所以，中國人對佛教思想的接受，是將其獨特的思想內容，「補充」到中國固有的思想、文化之中，而非全盤的接收。尤其是中國的文人，他們對佛教的接受，不僅止於宗教信仰而已，他們也重視佛教義理的探討，目的是想從中尋求中國傳統思想學術對宇宙及人生問題所欠缺的解釋和討論。此外，文人對於外來的佛教思想，與自西漢起在中國學術思想中佔領導地位的儒家思想，這兩者之間的調和與融會，有著積極的推動作用。

而誠如孫昌武在《佛教與中國文學》一書中所言：

文人們接受佛教又有一個過程。情況大體與中國佛教的發展相適應，可分為三個階段。第一階段是兩晉到六朝（此階段即本文對「六朝」的義界），這是佛教在中國流傳並逐漸中國化的時期。這時在文壇上佛教教義與信仰被文人們所接受和宣揚。文人們的佛教信仰是佛教深入傳播的表現，而又對這種傳播起了推動作用。（註一）

在這樣的環境下，文人在文學創作的過程中，自然在主題、題材與語言上，對佛教多有借鑑，而這也呈現出佛教思想在文人的生活中滲透的情形。故本章欲選擇幾位具代表性的詩人，探尋其詩歌中的佛教蹤影，藉以瞭解佛教在當時文人生活、思想中的滲透與影響，而在詩歌中呈現出何等獨特的風貌。

六朝可說是我國歷史上政治最黑暗、社會最紊亂的一個大動亂時期，而在這個政局極端動盪、內憂外患相乘的時代，文學也深受時代環境的影響，呈現多采多姿、波瀾壯闊的景象，成為我國文學史上極為璀璨耀眼的時期。而此時期的文人，也多如夜空繁星，個個光彩明亮，照耀文壇。若要選擇其中二、三位作為代表，確實有難以抉擇之虞，然本章是以探討佛教在詩歌中呈現的風貌為主要目的，故詩人詩作中是否含有豐富的佛教語言及思想，就成為最重要的抉擇要素。如被稱為山水詩人之祖的謝靈運，不但傾心佛教、與僧人交遊頻繁，在他的山水詩作中，亦往往透露出佛家的出世意識，成為將山水之美與宗教意識相結合的代表詩人。而當時與之並稱「顏謝」的詩人顏延之，雖亦信奉佛法，與名僧慧靜、慧彥等結交，但其佛教文字主要在於文章，如〈釋何衡陽達性論〉、〈重釋何衡陽達性論書〉、〈又釋何衡陽達性論〉等（註二），皆為闡揚、論述佛理的文章，而其詩歌則以頌贊、紀遊、贈答居多，宗教色彩不明顯。又，梁代的四蕭父子：梁武帝蕭衍、昭明太子蕭統、簡文帝蕭綱、梁元帝蕭繹，以及當時的文壇領袖——沈約等人，皆為誠篤的佛教徒。然昭明太子蕭統雖有佛教滲入的詩歌作品，但存詩不多，不具有代表性；而梁元帝蕭繹雖亦受其父影響而信佛，但談佛論理的詩歌，在其詩集中幾乎難覓蹤跡；而身為竟陵八友之一的沈約，不但篤信佛教、精通內典，寫下〈均聖論〉、〈究竟慈悲論〉、〈郊居賦〉、〈釋迦文佛像銘〉、〈千佛頌〉、〈彌勒贊〉等（註三）多篇闡揚佛理的文章，但在其詩作中，佛教的影響卻不明顯，僅〈和鍾山詩應西陽王教詩五章〉、〈八關齋詩〉與〈和王衛軍解講詩〉等三篇作品，可見佛教蹤影。

另有〈憩郭園和約法採藥詩〉一首（註四），存斷句，雖是與僧侶的唱和之作，但內容則與佛教無涉。綜合以上考量，遂擇謝靈運、蕭衍、蕭綱三人為代表，探析其詩作中的佛教蹤影，藉以勾勒出佛教在當時文人詩歌中呈現的風貌。

## 第一節　謝靈運詩歌中的佛教樣相

山水詩人謝靈運，是晉宋之際文壇的代表人物，而其在中國詩歌發展史上，更具有開創新局、承先啟後的地位。他是將六朝詩歌由玄言帶向山水的關鍵性人物，他擴大了詩歌的題材，充實了詩歌的內容，更創新了詩歌的寫作技巧，成為後代山水詩人欣賞、模仿的對象，因而被喻為中國山水詩人之祖。我們要瞭解詩人的心靈及其作品的內涵，除了從文本著手外，首先，更應探究詩人的生平事蹟。從詩人的生平中，追尋其成長的軌跡，再以之比照詩人的作品，則可更深刻地體會詩中蘊含的內涵，直接探知詩人生命的本質（註五）。故現依生平、與佛教因緣、分析詩作等三個進程，來探討謝靈運詩歌中的佛教樣相。

## 一、謝靈運生平

六朝時期，崇尚門閥世族階級，士族子弟不但享有世爵封位，在政治上亦擁有絕對優越的地位。他們具有崇高的聲望與雄厚的財力，得以控制政權轉移與民生經濟，在文化上也同樣居於領導的地位。而謝靈運即生於六朝顯赫一時的謝氏家族。謝氏一門成為望族是始於淝水一戰。晉孝武帝太元八年（西元三八三年），謝安與族人謝玄、謝石等率精兵八千，大破來犯的前秦苻堅的八十萬大軍，保住了東晉偏安的局面。謝氏一門對國家有重大功業，加上族中眾多子弟皆具才華學識，遂使謝氏一族成為門第顯赫的東晉大家。謝靈運正是生在這樣一個書香門第，而又有功於朝廷的世胄豪族之中。其五世祖謝衡為晉朝有名的儒學大家，世稱「晉碩儒」，為國子祭酒；衡子鯤則是位任性通達的玄學家，並著有元化論；其曾祖父謝奕、祖父謝玄也都以有器識、能清言、善名理、有經國才略而享譽於當時。其父謝瑍雖是「生而不慧」（《宋書．謝靈運傳》）之人，但其母劉氏乃是王獻之的外甥女，頗有才學（註六）。有著這樣不凡的家世和遺傳，謝靈運聰慧橫溢的才華與恃才傲物的性格，自是不難想見，而這樣的才華與性格，也深刻影響了謝靈運的一生。關於謝靈運的生平行誼，可分三個時期述之。

（一）少年時期

謝靈運生於東晉孝武帝太元十年（西元三八五年），自幼聰慧穎悟，謝家因此三世單傳的子嗣難得，便將他寄養在錢塘信奉道教的杜明師家中，直至十五歲才還家。故家人稱之為「客兒」，這亦即靈運自稱「越客」，而後人稱其為「謝客」之故。因錢塘是個風光明媚之地，陶冶了靈運自幼喜愛山水風景的性格，對其日後寄情山水的吟詠，有莫大的啟發作用，也使得他在少年時期即以文章名盛於江左。晉安帝隆安三年（西元三九九年），孫恩聚眾作亂，攻下會稽，靈運在時局動亂不安下避居建康，隨晉代著名文學家謝混，即其從叔共居於謝氏烏衣巷官邸中。晉安帝元熙三年（西元四〇四年），他承襲謝玄的康樂公爵，食邑二千戶。靈運在這二十年間，身處於風光明媚的江南，享受世族的富貴與豪奢，又沒有職責的束縛，生活是極其放任自由的。

（二）仕晉時期

晉安帝義熙元年至晉恭帝元熙元年，即西元四〇五年至四一九年，靈運二十一歲至三十五歲之間。

靈運在晉朝出仕的這段期間，雖有著優越的家世背景，但因處於東晉末年憂患紛擾的局面，使得他的仕途並不順遂，心中也充滿了矛盾和苦悶。東晉安帝義熙八年（西元四一二年），劉毅被劉裕誅殺後，靈運跟隨劉裕，狀似密切，然而以他貴族子弟的出身，又豈甘於屈居布衣出身的劉裕之下？他表面順從，內心卻不免反感，時勢的動盪與心靈的不安，再加上任世子左衛率時，因發覺門生與其寵妾私通，而犯下怒殺門生後棄屍江中之事，而終遭彈劾免官之厄。

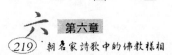

## （三）仕宋時期

宋武帝永初元年至宋文帝元嘉十年，即西元四二〇年至四三三年，靈運三十六歲至四十九歲。

元熙二年，劉裕受到「晉禪」而得天下，建立劉宋皇朝，改元「永初」。劉裕因出身寒微，遂抑名門而舉用寒士，靈運世襲的封爵由公爵降為侯爵，食邑五百戶。此時，靈運因謝家的世族聲望，再加上自己的領袖氣質，受到極欲得到世族擁護的劉裕的拉攏，但又因他乃劉毅的舊屬，又為謝混之姪，與劉裕本屬敵對的政治勢力，而無法得到劉宋皇朝的真正信任，所以只被派任為有職無權的閒散官。其後靈運投效劉裕次子廬陵王劉義真陣營，從而又捲入劉氏諸子爭奪皇位繼承的政治權力漩渦中，使得他在劉裕崩而長子義符即帝位後，被徐羨之等執政派所害，而貶為永嘉太守，離開了人文薈萃的政治中心——建康。靈運仕途失意之餘，遂寄情於山水、佛理，山水詩成為他苦悶精神的寄託，而成就了許多山水佳作。宋少帝景平元年（西元四二三年），他首次託辭身疾，去職表明歸隱之志。離任後的靈運回到會稽故居始寧別墅，致力於經營莊園的他，又與隱士、高僧等交遊，談玄說理、作賦吟詩，亦留下諸多名作。當時靈運雖身在鄉里，但詩名仍舊遠震於京師。

宋文帝即位後，徵詔靈運為祕書監，負責整理祕閣圖書及撰寫《晉書》的工作，但熱中政治權勢的他並不滿足於此類文史官吏，遂以敷衍塞責的態度待之，後文帝遷之為侍中，他又裝病不朝且長期出遊，終使文帝於其二度託疾請辭時欣然賜歸。此後，靈運不改其狂放行徑，而歷遭彈劾、免官、毀謗等厄，直至其在臨川內史任內，遊放山林而不恤民事，又受到監察官嚴厲的糾彈，狂放成性的靈運，竟在意氣用事之下，拘捕了奉命前來收押他的官吏，進而興兵造反。事敗被捕的他原應論斬，但文帝因顧念其祖蔭及才華而赦免，改為流放廣州。到達廣州的他卻又被牽連於一件劫囚叛亂的案子中，此事雖極可能是誣陷，但已無人願為靈運脫罪，而使其終遭棄市廣州之刑。才華橫溢的一代詩人，不意最後竟遭到如此悲慘的下場！

## 二、謝靈運與佛教因緣

謝靈運一生好佛，與佛教的因緣頗深，他曾見慧遠於廬山，與曇隆遊嶀嵊，與慧琳、法流等交善；著有〈與諸道人辯宗論〉，申述竺道生「頓悟」義；又曾注《金剛般若》，並與慧嚴、慧觀等修改大本《涅槃》；甚至臨終之時，還將其一把美鬚施為南海祇洹寺維摩詰鬚。湯用彤曾將其與佛教有關的事跡撰為年表，收於《理學．佛學．玄學》一書中，頗便於查覽參考（註七）。現將謝靈運與佛教有關之事跡，略述於下。

晉安帝義熙八年，謝靈運隨劉毅至江州，曾遊廬山而得見當代名僧慧遠，《高僧傳．慧遠傳》曰：

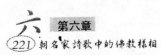

陳郡謝靈運負才傲俗，少所推崇，及一相見，肅然心服。

而謝靈運自己在〈廬山慧遠法師誄〉中亦稱：「志學之年，希為門人。」說明早有皈依之志。後慧遠造佛影窟，曾請靈運作〈佛影銘〉。義熙十二年，慧遠逝世，靈運為之作〈廬山慧遠法師誄〉及〈廬山法師碑〉，可見他對慧遠的敬服推崇。

劉宋時，謝靈運降爵為侯，於永初三年出守永嘉郡，在這期間，他遍遊名山名水，同遊的有諸道人，並在此時作〈辯宗論〉，與法勖、僧維慧驎、法綱、慧琳、王弘等人討論「頓悟」和「漸悟」的問題，謝靈運申述竺道生之義而主張「頓悟」，其餘諸人則主張「漸悟」（註八）。靈運的〈辯宗論〉寫成後，竺道生亦曾見及，他在給王弘的信中寫道：「究尋謝永嘉論，都無間然。」（註九）但兩人是否曾會面，則無法確知，可以肯定的是，靈運對道生的「頓悟」義是甚為伏膺的。

少帝景平元年，靈運稱病去職而移居會稽。他在故居始寧別墅積極的經營莊園，供幽居遊娛，並與隱士、高僧、雅士等往來，結伴遨遊於山水之間。據《高僧傳．僧鏡傳》載：

又東適上虞徐山，學徒隨往，百有餘人，化治三吳，聲馳上國。陳郡謝靈運以德音致款。

又云：

上虞徐山先有曇隆道人，少善席上，晚忽苦節過人，亦為謝靈運所重。常共遊嶀嵊。亡後運乃誄焉。

而謝靈運成於此時的名作〈山居賦〉自注亦提到：「曇隆、法流二法師」，並表達自己「相遇之欣，實以一日為千載，猶慨恨不早」的心情。可知當時與之相交遊的僧人有曇隆、僧鏡、法流等人。他又特為諸僧友，在風景秀麗的石壁山蓋造一所精舍，同時更建經臺、築講堂、立禪室、列僧房。靈運在此與高士名僧遊覽山水、談玄說理，進而作賦吟詩，而留下不少有名的佳作。如〈石壁立招提精舍〉、〈石壁精舍還湖中作〉等詩，皆成於此時。

而同樣在景平年間，范泰建祇洹寺、立佛像，曾致書靈運，請為作贊。靈運為之作三首，其從弟惠連亦作一首（註一〇）。又《高僧傳．僧苞傳》載：

時王弘、范泰聞苞論議，歎其才思，請與交言。仍屈住祇洹寺，開講眾經，法化相續。陳郡謝靈運聞風而造焉，及見苞神氣，彌深歎伏。

則靈運見僧苞，應在元嘉三年，靈運被宋文帝徵為祕書監而至京之後。而其時，北本《涅槃經》傳至建業，受到文帝禮重的高僧慧嚴、慧觀等人，因該經品數疏簡而進行修飾改訂，靈運亦參與這項工作。《高僧傳．慧觀傳》云：

《大涅槃經》初至宋土，文言致善，而品數疏簡，初學難以措懷。嚴迺共慧觀、謝靈運等，依《泥洹》本加之品目。文有過質，頗亦治改。

而靈運對改本文字上有所潤色，唐．釋元康曾於〈肇論疏〉中舉例云：

謝靈運文章秀發，超邁古今。如《涅槃》原來質樸，本言「手把腳蹈，得到彼岸」。謝公改云「運手動足，截流而渡」。

可窺一斑。謝靈運在譯經上的努力，《高僧傳．慧叡傳》所載，亦可為例證：

> 陳郡謝靈運篤好佛理，殊俗之音，多所達解。迺諮叡以經中諸字，并眾音異旨，於是著〈十四音訓敘〉。條列梵漢，昭然可了，使文字有據焉。

由此可知，靈運亦習梵文。

由以上的論述，我們可以知道謝靈運與僧人之間的交往是十分廣泛而密切的。這些交往之中，有的偏於佛教經典的譯解，有的偏於佛學義理的論辯，或是相互酬唱，或是結伴遊覽。因此，在謝靈運的詩歌之中，尤其是山水詩作，自然也就染上了佛學的印記，而呈現出佛教的風貌。

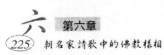

## 三、謝靈運詩歌中的佛教樣相

謝靈運因為仕途不得志，乃寄情於山水，與友朋結伴登臨，而創作出眾多山水佳篇，無怪乎觀覽其詩集，觸目皆可見歌詠自然的詩句。與他相伴出遊的友朋中，亦不乏僧侶法師，登臨之時，或興出世之思，或談佛論理，使得謝靈運的山水詩中，亦滲入佛教思想與意識。如其〈從斤竹澗越嶺溪行〉即為一例，詩云：

猿鳴誠知曙，谷幽光未顯。巖下雲方合，花上露猶泫。逶迤傍隈隩，迢遞陟陘峴。過澗既厲急，登棧亦陵緬。川渚屢徑復，乘流翫迴轉。蘋萍泛沈深，菰蒲冒清淺。企石挹飛泉，攀林摘葉卷。想見山阿人，薜蘿若在眼。握蘭勤徒結，折麻心莫展。情用賞為美，事昧竟誰辨。觀此遺物慮，一悟得所遣。（《逸書．宋詩．卷二》，頁一一六六—一一六七）

謝靈運這首詩寫登覽山水所見的景物，並於詩尾道出登覽山水的感悟之言。起首二句，點出詩人出遊的時間，是在天尚未亮時。在幽深的山谷中，晨光未顯，只能從猿猴的鳴叫中，知道天將露曙。而「巖下雲方合」二句，則是描繪出一幅美麗的晨景。雲霧繚繞於山巖之下，花草樹木上的晨露輕滴。自「逶迤傍隈隩」至「攀林摘葉卷」十句，寫詩人於此出遊，一路上「過澗」、「登棧」，漸遊漸遠，不畏懼沿途的艱險曲折，反而能玩賞山水、怡然自得。「想見山阿人」至「折麻心莫展」四句，運用《楚辭．九歌．山鬼》

的典故，寫自己心中的鬱結。〈山鬼〉這篇作品，主要表現的是山鬼和她的戀人之間的深摯熱戀，以及相見艱難的濃厚惆悵。「想見山阿人，薜蘿若在眼」二句，化用了〈山鬼〉的開頭兩句：「若有人兮山之阿，被薜荔兮帶女蘿。」山坳中那戴著香草的山神彷佛就在眼前，想折下香花贈送以表達我的殷勤心意，但卻只能「心莫展」，而徒成鬱結。最後「情用賞為美」以下四句，則道出遊覽山水的感悟。情感以遊賞、閒適為美，何況過往之事暗昧不清，竟然無人可為之辨明。倒不如觀覽勝景，遺去種種物慮，以一個「悟」字作為排遣鬱結之道。謝靈運崇信竺道生的「頓悟說」，他將由大自然的美感所激發起的人生情趣，與出世的佛理玄思相揉合，故對大自然的審美，亦用一「悟」字。孫昌武評謝靈運山水詩曰：

謝靈運的山水詩往往滲入宗教感情，但其中寫得好的並不濫用佛家語彙，也不撏扯佛教事典，而是在自然風光的生動描寫中流露出出世意識。（註十一）

此詩可為其中之代表作。

謝靈運歸居會稽始寧別墅時，曾特為諸僧友於風景秀麗的石壁山造精舍，同時更建

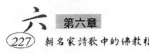

經臺、築講堂、立禪室、列僧房。靈運在此與高士名僧遊覽山水、談佛說理、共析疑義，對佛教的哲理自然有更深層的認知。而他在此時寫下的詩歌，佛教思想的蹤跡和影響也就更加明顯。如其〈石壁立招提精舍詩〉，就是記述自己建築精舍，並常與外方之士於禪室中講析妙理的詩歌。其詩云：

> 四城有頓躓，三世無極已。浮歡昧眼前，沈照貫終始。壯齡緩前期，頹年迫暮齒。揮霍夢幻頃，飄忽風電起。良緣迨未謝，時逝不可俟。敬擬靈鷲山，尚想祇洹軌。絕溜飛庭前，高林映窗裡。禪室栖空觀，講宇析妙理。（《逯書・宋詩・卷二》，頁一一六五）

謝靈運身處戰爭頻仍、朝代更迭、皇室爭權，而家勢由極盛至頹敗的人事變遷中，雖有滿腔熱情與抱負，卻終生不得志，而又不甘如此苟且於亂世，其內心的矛盾、衝突和掙扎，造就他獨特而複雜的性格，伴隨一生，也影響他的一生。謝靈運為紓解滿溢的悲憤與苦悶，乃寄情於山水與宗教，他在這首詩中，描述自己歷經人世滄桑與內心衝突，終而委身於佛祖的心路歷程，在一片禪思佛理之中，又透露出沈重的身世之感。

「招提」為梵語catur-disa之音譯，意譯為「四方」、「四方僧」、「四方僧房」。是指四方來集的眾僧，皆可入內修持止宿的客舍。後北魏太武帝於始光元年（西元四二四年），造立伽藍，以招提為名，世人遂以招提為寺院的別稱。這首詩一開始便講述佛理。「四城」，即指釋迦牟尼「四門出遊」的典故。據《長阿含經．卷一》所載，佛陀為太子時，曾從王城之四方城門出遊，出東門遇老者、出南門遇病者、出西門遇死者，因見此老、病、死之苦，而深感人生的無常。最後，他出北門遇見出家的沙門，遂決意出家。「頓躓」，顛仆、行路顛蹶。「三世」，則是指佛家前世、今世、來世的三世之說，認為今世的託胎而生，是由前世所造的業來決定，而今世所造的善業惡業，則又決定來世承受的善果惡果。「四城有頓躓」至「沈照貫終始」這四句，寫的是面對世俗與向佛的徬徨。自「壯齡緩前期」至「飄忽風電起」四句，則寫對自己過往身世的感歎。「壯齡」二句，發出少壯失時、頹年已遲、往不可諫、而來不可追的歎息，回憶過往，正如《維摩詰經》所言：「是身如幻，是身如夢，是身如電，是身如風」，有著往事如煙而人生若夢，如此「揮霍」、「飄忽」、變幻不息之感。自「良緣迨未謝」至「尚想祇洹軌」四句，則寫自己相信「良緣」還沒完全結束，只是「時逝不可俟」，須及時把握，而這解脫之道，即潛心向佛。「靈鷲山」是佛陀講經之處；而「祇洹軌」，則是指

「祇洹精舍」，為須達長者為佛陀及其教團所建的僧坊，佛陀曾多次在此說法。詩人走筆至此，是先通過對佛理和俗世的思考，而反觀自身經歷的種種滄桑，進而在自我剖析中尋到出路，而終於走向皈依佛門之途。這段敘述，真實地呈現謝靈運由人生的失意、苦悶而趨向佛道的心路歷程。最後四句，則寫他在遠離塵囂的石壁山，建立「絕溜飛庭前，高林映窗裡」的招提精舍，而與方外之士在「禪室」、「講宇」中，析論「妙理」，探討「空觀」。

再看其〈登石室飯僧詩〉，亦是首帶有濃厚佛家氣息的詩歌。其詩云：

迎旭凌絕嶝，映泫歸溆浦。鑽燧斷山木，掩岸墐石戶。結架非丹甍，藉田資宿莽。同遊息心客，曖然若可睹。清霄颺浮煙，空林響法鼓。忘懷狎鷗鯈，攝生馴兕虎。望嶺眷靈鷲，延心念淨土。若乘四等觀，永拔三界苦。（《逯書．宋詩．卷二》，頁一一六四）

「石室」，山名，在會稽巫湖一帶，謝靈運在〈山居賦〉自注云：「石室，在小江口南岸。」「飯僧」，即設食以供僧眾食用，猶言「齋僧」。這首詩寫登僧寺飯僧的經過，並在山水景物中興起對佛家理想境界的嚮往，與超脫凡俗的願望。這也是謝靈運將佛理與山水相結合的代表作之一。

起首二句，即寫「登石室」。「嶝」，登山的小路；「漵浦」，指漵水之濱。詩人於旭日東昇時，沿曲折登山小徑登上石室山，登上高處後，可見流水歸於漵浦的山水美景。自「鑽燧斷山木」至「藉田資宿莽」四句，寫僧人的生活方式。「鑽燧」，指鑽木取火這種古老的取火方式。「掩岸」，指石室是在水邊高起之地營建而成的。「墐石戶」，指用泥土塗塞石門的縫隙。「丹甍」，朱紅的屋脊指富貴之家的碧瓦朱檐。「宿莽」，一種經冬不死的草，《楚辭．離騷》有：「朝搴阰之木蘭兮，夕攬洲之宿莽。」王逸注云：「草冬生不死者，楚人名曰宿莽。」這幾句詩以渲染的方式，寫出僧人古樸、清苦的生活。而「同遊息心客」二句，則轉而描寫僧人的精神境界。「息心客」，即指少門，《後漢書．孝明皇帝紀》曰：「沙門者，漢言息心，蓋息意去欲，而歸於無為也。」「曖然」，昏暗不明貌。詩人稱讚「同遊」的「息心客」，其心境達到「曖然」而又「若可睹」的真寂滅境界。自「清霄颺浮煙」至「攝生馴兕虎」四句，寫僧人生活於空中輕颺「浮煙」、林中響盪「法鼓」的清淨環境中，故能忘懷得失，與鷗鯈同樂，過著與世無爭的逍遙生活。「忘懷狎鷗鯈，攝生馴兕虎」二句，用道家語。鷗，一種水鳥；儵，一種小白魚。《列子．黃帝》云：

> 海上之人有好漚鳥（即鷗鳥）者，每日之海上，從漚鳥遊。漚鳥之至者百住而不止。

「攝生」，即養生。《老子．五十章》曰：

> 蓋聞善攝生者，陸行不遇兕虎，入軍不被甲兵。兕無所投其角，虎無所措其爪，兵無所容其刃。夫何故？以其無死地。

謝靈運以道家語言、道家典故，來描繪僧人的形象，其玄佛融合的思想，由此可見一斑。最後「望嶺眷靈鷲」至「永拔三界苦」四句，抒發詩人「登石室」後的感受。「靈鷲」，即指靈鷲山。「淨土」，佛家所謂的極樂世界。《攝大乘論》曰：「所居之土，無於五濁，如彼玻璃珂等，名清淨土。」（五濁指劫濁、見濁、煩惱濁、眾生濁、命濁。）「等觀」，即一切平等觀念事理。《涅槃經》曰：「等觀眾生，如視一子。」「三界苦」，佛教以欲界、色界、無色界為三界，以為三界中有二苦、四苦、八苦等種種煩惱。「望嶺」二句，表達詩人對佛教西方淨土的嚮往；「若乘」二句，則抒發靈運超拔塵俗、擺脫痛苦的願望。謝靈運此詩中，有山水景物，亦有玄佛思想，是一首將玄佛、山水熔鑄於一爐的作品。

然而，謝靈運雖對佛家的境界有很深的憧憬，與佛教高僧的來往也極其密切，但他卻非一個虔誠的佛教徒。他那終不忘朝堂的入世抱負，與恃才傲物的性情，使他始終不能達到佛家與世無爭的寂靜境界。他既眷戀於世俗功名，又尚山水自由，更企慕佛家的超脫凡俗，他的思想雖兼具儒、釋、道三教，但卻呈現矛盾糾結的現象。這種三教兼有的思想，亦可見於他的詩歌之中。現以其生命中的最後一首詩〈臨終詩〉作說明，亦可為其三教雜糅的思想作一注腳：

龔勝無餘生，季業有終盡。嵇公理既迫，霍生命亦殞。悽悽後霜柏，納納衝風菌。邂逅竟幾時，修短非所愍。恨我君子志，不獲巖下泯。送心正覺前，斯痛久已忍。唯願乘來生，怨親同心朕。（《逯書．宋詩．卷七》，頁一一八六）

這首詩在起首四句中，用了四個典故。「龔勝」，西漢末年人，王莽篡漢時曾遣仗迎勝，欲以上卿之位籠絡他，但他堅不答應，並告訴門人：自己年歲已大，恐不久於人世，怎能一身事二姓？死後在九泉之下，又如何見得故主？於是絕食十四日後而亡。「季業」，應作「李業」，東漢人。當時公孫述有叛國意圖，聽說李業賢明而欲徵召他，業拒不答應。公孫述於是派人以毒酒威脅他，李業寧堅守節操而不肯屈服，終仰毒而亡。「嵇公」，即指嵇康，為魏宗室長樂公主的夫婿。司馬昭當權之時，他避居河東，好友山濤曾薦舉他為吏部郎，他竟怒而與之絕交，後亦因得罪執政者而被處死。「霍生」，指霍原，晉朝隱士，有數百門徒。王浚謀叛時，曾遣人問意，而原不肯答應，遂使浚銜恨在心。後又有遼東囚徒三百餘人，依山為賊，想劫原共擁為主，亦不成功。當時民間流傳有：「天子在何許？近在豆田中」的歌謠，王浚竟以「豆」即「霍」，而將霍原收斬。以上所引的四個典故，前二者為漢朝人，後二者是魏晉時人，皆為忠義而有節操之人，因不肯屈從強權而致死。謝靈運臨終行刑之前，引用此四個典故，其用意顯然是在表明自己對劉宋皇朝強權的不肯妥協屈服。而這種重操守、不肯屈從強權的態度，正是儒家精神所在。

「悽悽」、「納納」兩句，一用〈古詩十九首〉之典，一用《莊子》之典。〈古詩十九首〉中有：「青青陵上柏，磊磊澗中石。人生天地間，忽如遠行客。」之句，而《莊子》中則有：「朝菌不知晦朔」之言，皆為感歎生命之短促。靈運在臨刑之前，自然不免慨歎自己在本就短暫的人生中，竟又不得天壽，因而借古人之語以洩自己胸中之慨。這裡不但典故用的是道家之典，連人生短促如朝菌的觀念也是道家的。「正覺」，佛家語，表示入滅盡定而悟法成佛，這裡應與「斯痛」同指靈運的西歸。靈運是一個信佛親佛之人，所以他相信「輪迴」、「來生」，故在詩末說道：今世今生的恩恩怨怨，至死全消，但盼來世大家皆能同心共好。這樣的用語和思想，無疑又是佛家的了（註十二）。詩中有儒家精神、道家用語及佛家思想，確實是一篇三教雜糅的詩歌。

六朝是三教爭鳴競馳的時代，謝靈運便是在此三教相互交融又相互排擠的環境中成長，形成他豐富而又複雜的思想內蘊，使得他的思想常徘徊於用世的儒家與超世的道家、釋家之間，就如葉瑛在〈謝靈運文學〉一文中所言：

古今文人思想之複雜，無有出靈運右者。「工拙各有宜，終以返林巢。」（從遊京口北固應詔）是朝端而思慕江湖。「千代集日夜，萬感盈朝昏」（入彭蠡湖口）則又處江湖而不能忘魏闕。思想變化之莫識，誠所謂老氏猶龍矣。約而論之，

永嘉出守以前，濟世心切（於撰征賦勸伐河北表等作可見）。辭疾東歸而後，出世情深。（註十三）

靈運在其成長過程中，曾先後受到三教的洗禮和影響，所以，他身在魏闕而心戀江湖，身在江湖則又心懸魏闕，在他的詩歌中，亦呈現出這種情感和理智的衝突與矛盾。謝靈運詩歌中滲入佛教思想的作品，大都不是呈現純粹的佛教容貌。其詩若非承受現實打擊而遁入佛境之中，就是在佛教出世之思中，亦顯露對世俗享樂的想望。所以林文月說：

儘管靈運對佛家思想有深入的研究，他卻始終未能將那宗教的精神吸收為己有；嚴格說來，他只是一個佛學家，而不是一個佛徒。（註十四）

這段話可說是為靈運對於佛教的心態，下了一個較為嚴厲但不失真實的評斷。

## 第二節　蕭衍詩歌中的佛教樣相

南朝以梁代文運最為昌盛，而梁武帝蕭衍的倡導首居其功。《南史．文學傳序》云：

自中原沸騰，五馬南度，綴文之士，無乏於時。降及梁朝，其流彌盛。蓋由時主儒雅，篤好文章，故才秀之士，煥乎俱集。于時武帝每所臨幸，輒命群臣賦詩，其文之善者賜以金帛。是以縉紳之士，咸知自勵。

梁武帝對於文學不但有提倡之功，他本身在詩文的創造上，亦頗有佳績，在尚未建立梁朝之前，就與沈約、謝朓、王融等文學之士，並號「竟陵八友」。同時，梁武帝也是位虔誠的佛教徒，他對弘傳佛教的積極與熱誠，可說是我國歷代奉佛帝王中的第一人。梁武帝的弘佛好文，對當時社會、文壇的風氣，產生極大的影響。而在他的詩文作品中，自不乏佛教語言、思想的蹤跡，現就其詩作中滲入佛教的篇什，一探其詩歌中的佛教風貌。

## 一、蕭衍生平

蕭衍，字叔達，小字練兒，祖籍南蘭陵人，是漢初名相蕭何的第二十五世孫。蕭室宗族自漢初後，累世居官為宦而漸成大姓，至南朝蕭道成，終於廢宋建齊、開國稱帝。蕭衍之父蕭順之，即齊高帝蕭道成的族弟。順之參與輔佐蕭齊的朝政，封臨湘縣侯，歷居軍、政要職。關於蕭衍生平，可分即位前與即位後兩個時期述之（註一五）。

## （一）即位前的經歷

蕭衍生於南朝宋孝武帝大明八年（西元四六四年）。他從小好學，不到二十歲即出仕為官。後他曾任朝中權臣王儉的東閣祭酒，王儉一見即深為賞識，並對人說：「此蕭郎三十內當作侍中，出此則貴不可言。」（《南史．梁武帝本紀》）可見蕭衍在青年時期即流露出不凡的氣度。永明年間，齊武帝次子竟陵王蕭子良，於雞籠山開西邸，招攬文士，蕭衍亦遊於其門下，而與沈約、謝朓、王融、蕭琛、范雲、任昉、陸倕等人，有「竟陵八友」之稱。竟陵王西邸是當時的文壇重鎮，也是文人名士的交遊中心。蕭衍在此與天下才學之士相交，且受到竟陵王信仰佛教的影響，而開始與佛教接觸。

蕭齊一朝，皇族宗室政權爭鬥激烈。蕭衍之父蕭順之，雖是蕭齊王朝的開國功臣之一，但後來也因涉及齊武帝、文惠太子、巴東王子響間的政治鬥爭，而憂懼病卒。這也導致蕭衍日後輔佐齊明帝篡位，傾殺齊武帝子嗣之事。齊明帝在位五年期間，蕭衍受到朝廷重用，並培植自己的軍事實力。明帝死後，其子蕭寶卷即位，即歷史上有名的昏君「東昏侯」。東昏侯即位後，恣意任行，排抑貴族，致使人心叛離。永元二年（西元五〇〇年），蕭衍之兄懿因平定崔慧景亂事而功高受忌，被東昏侯所殺，蕭衍遂據此舉兵征討，並擁立南康王蕭寶融為和帝。永元三年十二月，東昏侯被殺。數月後，衍即以「受禪」之名稱帝，改國號為梁，改年號為天監元年（西元五〇二年）。

## （二）在位期間的行誼

蕭衍於天監元年即位，卒於梁武帝太清三年（西元五四九年），享年八十有六，共在位四十八年。蕭衍在位近半個世紀，其施政大致可分兩個時期。在位的前期，蕭衍優待宗室、尊重士族，並重擢開國諸文武功臣，不但籠絡高門士族，也重用寒門賢士，魏徵說：

既懸白旗之首，方應皇天之眷，布德施惠，悅近來遠，開蕩蕩之王道，革靡靡之商俗，大脩文教，盛飾禮容，鼓扇玄風，開揚儒業，介冑仁義，折衝樽俎，聲振寰宇，澤流遐裔，……魏、晉以來，未有若斯之盛。（《梁書．敬帝本紀附》）

但至蕭衍晚年，因袒護宗族子弟，而導致刑典廢弛，在對北朝發動的戰爭中，亦因用人不當而屢遭失敗。後來梁武帝接受被東西魏夾擊的侯景的降附，再次出兵攻打東魏，卻遭受大敗，梁軍主力幾乎全被殲滅，更在東魏反間計下逼使侯景叛變，而導致「侯景之亂」。侯景驅兵入京包圍臺城，武帝諸子雖集結各地勤王軍，卻都忙於相互爭鬥之中，竟無人馳援。太清三年三月臺城陷落，武帝被侯景軟禁，後終餓死於臺城。

## 二、蕭衍與佛教因緣

蕭衍生長於三教共馳的時代環境中，先後接受儒、道、釋的薰陶。《梁書．武帝本紀》說：「少而篤學，洞達儒玄」。他從小所受的是傳統的儒家教育，而時代風氣的影響，又讓他接受玄學的洗禮，早年學儒信道的態度是很明顯的。（註一六）蕭衍與佛教的接觸比儒、道二家較晚，應始於竟陵王西邸之時。當時蕭子良崇信佛教，西邸中高僧居士往來頻繁，蕭衍與僧人的交遊是可以想見的。只是當時的蕭衍對佛教尚未進入信仰階段，他正式皈依佛教是在天監三年（西元五〇四年）。但他在皈依佛教後，即虔信誠篤，積極地投入佛教禮儀與廣傳佛教的活動中。現分別從五個方面論證。

## （一）捨道事佛，推佛教為三教之首

蕭衍原崇奉老子，信仰道教，《隋書．經籍志》曰：

> 武帝弱年好事，先受道法，及即位，猶自上章，朝士受道者眾。

後來他轉而信佛，於天監三年，親率僧俗二萬人，在重雲殿正式宣布捨道事佛，並親製〈捨道事佛文〉（《廣弘明集．卷四》），發願信奉佛教。文中曰：

> 弟子經遲迷荒，耽事老子，歷葉相承，染此邪法。習因善發，棄迷知返。今捨

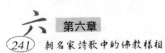

舊醫，歸憑正覺。願使未來世中，男童出家，廣弘經教，化度含識，同共成佛。寧在正法之中，長淪惡道，不樂依老子教，暫得生滅。

後又有〈敕門下捨道事佛〉（《廣弘明集．卷四》），文云：

《大經》中說：道有九十六種，唯佛一道，是於正道。其餘九十五種，名為邪道。朕捨邪外以事正內諸佛如來……老子、周公、孔子等，雖是如來弟子，而化跡既邪，止是世間之善，不能革凡成聖。

他稱佛是「唯一」「正道」，又說老子、周公、孔子等，是「邪道」。可見他是把佛教擺在「唯一正道」的地位，而儒、道二教只是佛教之外立教的「外道」（邪道）。但須特別加以釐清的是：蕭衍並不是完全否定儒、道二教，他把儒、道視為「如來弟子」，說它們「止是世間之善」、「不能革凡成聖」，明顯地將儒、道包容於佛教之中，並不是完全捨棄。蕭衍的宗教觀，是以佛教為尊，而儒、道為輔，三教兼容並蓄的宗教態度。

## （二）親自參與講經及法會，以至捨身、布施和放生

蕭衍在信奉佛教後，就有奉佛講經的行為，根據《梁書》及《南史》的記載，蕭衍於中大通三年（西元五三一年）十月在同泰寺講《涅槃經》，同年十一月講《摩訶般若波羅蜜經》，中大通五年二月講《金字般若經》，中大同元年（西元五四六年）三月講《三慧經》，太清元年（西元五四七年）三月講《三慧經》等。而針對蕭衍的講經，其子蕭統及蕭綱曾呈上〈開講般若經謝啟〉（《廣弘明集．卷十九》）。

蕭衍在位期間，常聚道俗召開法會，如無遮大會、救苦濟會、平等會、四部大會、無礙會、盂蘭盆齋會等皆是。每次法會，梁武帝多帶頭布施於寺院，如梁中大通時（西元五二九～五三四年），武帝曾至同泰寺設無遮大會，並親講《摩訶般若經》，大會期間，

> 皇帝捨財，遍施錢絹銀錫杖寺物二百一種，值一千九十六萬。皇太子……施僧錢絹值三百四十三萬。六宮所捨，二百七十萬。……是時朝臣至于民庶，並各隨喜，又錢一千一百一十四萬。（《廣弘明集．卷二十二》）

在武帝的帶動下，上自太子、六宮及朝臣，下至平民百姓，皆布施大量的財物。各方信

眾的布施，是六朝寺院經濟最主要的來源。

蕭衍一生，曾四次捨身同泰寺。所謂捨身，一是捨資財，即將個人的所有身資財物全捨予寺院；一是捨自身，即自願入寺為僧眾執役。蕭衍所行為後者，他在捨身期間，自降帝位，為奴僕卑賤之身，過著樸素的生活，而每次捨身，最後皆由家臣以財帛貨幣贖回。第一次捨身最短，僅四天，而第四次最久，竟長達五十一天，可見他耽於佛教是隨年歲而日篤。蕭衍捨身寺院，不但表示自己對信佛的虔誠，也藉此提升佛教聲勢，而群臣以錢財奉贖武帝回宮，亦大大充實了寺院的經濟。此外，蕭衍在齋會期間，又令家臣至屠宰場買回即將被殺的牲畜，加以放生，數以億計。凡此種種，皆表現出蕭衍對佛教信仰的虔誠。

## (三) 與僧侶交遊，建寺塔造佛像

蕭衍出入於竟陵王西邸時，應已開始與沙門僧人的交遊，而正式皈依佛教後，與僧侶的交往就更為頻繁與密切了。如天監年間為蕭衍家僧的慧超、國師慧約及明徹、保誌等人，皆受到武帝的禮遇。而對於《涅槃經》學僧寶亮、《涅槃經》、《成實論》學僧智藏、僧旻，以及《成實論》、《法華經》學僧法雲、法寵、僧超等人，給予極佳的生活待遇及社會地位，經常請他們講經說法，並從事有關佛教的著述。智藏還可以自由地出入宮廷，甚至在蕭衍想自任「白衣僧正」（註一七）時，登上正殿御座加以勸阻。

蕭衍親自敕建大愛敬寺、智度寺、新林寺、法王寺、光宅寺、仙窟寺、蕭帝寺、解脫寺、開善寺、勸善寺以及同泰寺等寺院，分別供養數以千百計的僧尼。他還布施土地給寺院，如他在鍾山建大愛敬寺時，就曾強買簡文帝王皇后之父王騫的良田八十餘頃，施贈予寺院：

> 時高祖於鍾山造大愛敬寺，騫舊墅在寺側，有良田八十餘頃，即晉丞相王導賜田也。高祖遣主書宣旨就騫求市，欲以施寺。騫答旨云：「此田不賣；若是敕取，所不敢言。」……高祖怒，遂付市評田價，以直逼還之。（《梁書．太宗王皇后傳附王騫傳》）

武帝還於各寺大造金、銀、銅、石佛像。如同泰寺的十方金銅像及十方銀像、光宅寺的丈九無量壽佛銅像、剡溪的彌勒石像等，皆是。蕭衍對佛教的提倡和支持，由此可窺一斑。

## （四）嚴格戒律，制斷酒肉

蕭衍對佛教戒律十分重視，他於天監十八年（西元五一九年）在無礙殿受佛戒，法名冠達。他敕命法超為僧正，撰寫《出要律儀》十四卷，分發梁朝境內，通令照行。他甚至為了嚴格戒律，還打算自任「白衣僧正」來掌管僧尼事務，後經智藏的勸阻而未行。蕭衍對後世佛教戒律影響最大處，是關於「制斷酒肉」的戒條。他曾寫〈斷酒肉文四首〉（《廣弘明集．卷二十六》），論述禁斷肉食的重要，並在〈與周捨論斷肉敕〉中說：

> 眾生所以不可殺生，凡一眾生，具八萬戶蟲，經亦說有八十億戶蟲，若斷一眾生命，即是斷八萬戶蟲命。（《廣弘明集．卷二十六》）

因而嚴令僧徒遵守。佛教初傳中國時，戒律中並無不許食肉這一條，僧徒托缽化緣，沿門求食，遇肉食肉，遇素食素，並不禁止僧徒食「三淨肉」（註一八）。蕭衍制定的這條戒律，改變了佛教僧徒自漢朝以來食三淨肉的習慣，對後世佛教徒的生活產生極大的影響。

## (五)獎勵譯注佛經，並親自撰寫佛教著述

梁武帝即位後不久，即敕僧伽婆羅於壽光殿等處譯經。又敕來華的扶南(今柬埔寨)沙門曼陀羅與僧伽婆羅，共同翻譯梵本佛經，蕭衍有時還親臨法座，筆受其文。並敕寶唱、慧超、僧智、法雲等協助譯經，而譯出《阿育王經》、《解脫道論》等十一部三十八卷佛經。武帝又命佛教僧編集或注釋佛經，如天監初年，僧朗注有《大般沙涅槃子注經》七十二卷、天監七年，僧旻編有《眾經要抄》八十八卷、天監十四年，僧紹編有《華林佛殿眾經目錄》四卷等皆是，在梁武帝的獎勵下，眾僧編撰出大量的佛學著作(註一九)，他對廣傳佛教的不遺餘力，可說是歷來帝王之最。

蕭衍信仰佛教，不但嚴守在家信徒的戒律修行，亦親自講經、獎勵譯注佛經，進而從事佛學的著述。據任繼愈《中國佛教史》所載，梁武帝的佛學著作主要有：《摩訶般若波羅蜜子注經》五十卷、《三慧經義記》、《制旨大涅槃經講疏》並目一百零一卷、

《淨名經義記》、《制旨大集經講疏》十六卷、《發般若經題論義並問答》十二卷等，惜今已不存（註二〇）。蕭衍的佛教著述，現今仍可見的僅有詩、賦、記、論、序、文等十種，以及數詔敕而已，但由此已可窺見蕭衍佛學修養的深湛。蕭衍對佛教信仰的虔誠，亦影響其家人的信佛風氣。武帝諸子：昭明太子蕭統、簡文帝蕭綱、梁元帝蕭繹等人，皆亦信奉佛教，且留下眾多佛教詩文。

綜上所述，可知梁武帝對佛教的提倡是多方面的，從政治到經濟、由佛經譯注、佛學理論到實踐，可說是全面性地倡導佛教，對當時社會的信佛風氣，有著巨大的影響力。

## 三、蕭衍詩歌中的佛教樣相

蕭衍崇信佛教，同又善於詩文，則其作品中自然可見佛教的蹤跡。其文章如〈捨道事佛文〉、〈斷酒肉文四首〉等，皆屬佛教文字，而其詩歌中亦有滲入佛教語言及思想的篇什，有的純為佛教思想，有的則是與儒、道相揉合的作品。（註二一）首先，先探析蕭衍詩中展現純佛教風貌的篇什。如其〈十喻詩五首〉：

幻詩

揮霍變三有，恍惚隨六塵。蘭園種五果，雕案出八珍。對見不可信，熟視事非真。空生四岳想，徒勞七識神。著幻是幻者，知幻非幻人。

如炎詩

亂念矚長原，例見望遙焔。逶迤似江漢，泛濫若滄溟。金波揚素沫，銀浪翻綠萍。遠思如可取，近至了無形。熱緣熱惚逼，渴愛渴心生。

靈空詩

物情異所異，世心同所同。狀如薪遇火，亦似草行風。迷惑三界裡，顛倒六趣中。五愛性洞遠，十相法靈沖。皆從妄所妄，無非空對空。

乾闥婆詩

靈海自已極，滄流去無邊。蜃蛤生異氣，闥婆鬱中天。青城接丹霄，金樓帶紫煙。皆從望見起，非是物理然。因彼凡俗喻，此中玄又玄。

夢詩

甘寢隨四坐，蓋睡依五眾。違從競分諍，美惡相戲弄。出家為上首，入仕作梁棟。色已非真實，聞見皆靈洞。長眼出長夜，大覺和大夢。（《逯書．梁詩．卷一》，頁一五三二～一五三三）

蕭衍的這五首〈十喻詩〉，應是仿後秦．鳩摩羅什的〈十喻詩〉而作，鳩摩羅什在起首二句即說：「十喻以喻空，空必待此喻。」（《逯書．晉詩．卷二十》，頁一〇八四）點明其詩主旨在於「喻空」，而蕭衍〈十喻詩〉亦用以「喻空」，寫凡俗人世，虛妄如夢，迷亂如幻，須知「萬法皆空」以破幻識真，詩中呈現出佛教「色空」的世界觀。其一〈幻詩〉，前四句寫佛家所謂幻化、虛空及迷亂「恍惚隨六塵」而生成，要「對見不可信，熟視事非真」，才可「知幻非幻人」而破幻歸真。其二〈如炎詩〉，寫因「亂念」而生幻景，因「渴愛」而使「熱惚逼」，遠看「如可取」，及近則「了無形」，明顯表現

「空」的思想。其三〈靈空詩〉，論眾生「迷惑三界裡」、「顛倒六趣中」而生空妄，須由「五愛」與「十相」中求得「性洞遠」及「法靈沖」。「三界」，佛教依眾生覺悟的程度，分眾生世界為欲界、色界、無色界等三界。「六趣」，即六道：地獄、餓鬼、畜生、阿修羅、人、天。趣是趣向之義，眾生受報，皆由因趣果，故六道又名六趣。其四〈乾闥婆詩〉，論世俗的虛空有如蜃氣樓。「乾闥婆」，梵語gandhabba，意譯為食香、尋香行、香陰、香神等。其五〈夢詩〉，寫凡俗人生虛幻如夢，而一覺夢醒，知「色已非真實」，才能達到「大覺」。

再看〈和太子懺悔詩〉，詩云：

> 玉泉漏向盡，金門光未成。繚繞聞天樂，周流揚梵聲。蘭湯浴身垢，懺悔淨心靈。蔓草獲再鮮，落花蒙重榮。（《逯書．梁詩．卷一》，頁一五三二）

簡文帝蕭綱有〈蒙預懺直疏詩〉一首，蕭衍此詩即為唱和之作。這首詩寫佛教懺悔的修持功效，前六句寫太子在玉泉寺金門裡行淨身懺悔之禮，以「蘭湯」「浴身垢」，用「懺悔」之禮來「淨心靈」。最後兩句，則寫懺悔的功效，猶如「蔓草獲再鮮，落花蒙重榮」

一般，具有神效。

再如其〈遊鍾山大愛敬寺〉，則是一首結合景物描寫與佛理闡述的詩歌。詩云：

曰予受塵縛，未得留蓋纏。三有同永夜，六道等長眠。才性乏方便，智力非善權。生住無停相，剎那即徂遷。歎逝比悠稔，交臂乃奢年。從流既難反，弱喪謂不然。二苦常追隨，三毒自燒然。貪癡養憂畏，熱惱坐焦煎。道心理歸終，信首故宜先。駕言追善友，回輿尋勝緣。面勢周大地，縈帶極長川。稜層疊嶂遠，迤邐隥道懸。朝日照花林，光風起香山。飛鳥發差池，出雲去連綿。落英分綺色，墜露散珠圓。當道蘭藿靡，臨階竹便娟。幽谷響嚶嚶，石瀨鳴濺濺。蘿短未中攬，葛嫩不任牽。攀緣傍玉澗，褰陟度金泉。長途弘翠微，香樓間紫煙。慧居超七淨，梵住踰八禪。始得展身敬，方乃遂心虔。菩提聖種子，十力良福田。正趣果上果，歸依天中天。一道長死生，有無離二邊。何待空同右，豈羨汾陽前？以我初覺意，貽爾後來賢。（《逯書．梁詩．卷一》，頁一五三一）

這首詩寫詩人遊鍾山大愛敬寺，全詩可分為三段。自「曰予受塵縛」至「回輿尋勝緣」

是第一段，詩人敘自己備嘗二苦、三毒，故來大愛敬寺「追善友」、「尋勝緣」。「三有」，是三界的異名。「六道」，即天道、人道、阿修羅道、畜生道、餓鬼道、地獄道，佛家認為此六處是眾生輪迴之道，乃依據前生所作善業惡業的不同，而趨向不同的道，故又稱為「六趣」。「二苦」，指內苦和外苦。《大智度論》云：

> 四百四病為身苦，憂愁嫉妒為心苦，合此二者，謂之內苦。外苦亦有二種，一為惡賊虎狼之苦，二為風雨寒熱之災，合此二者，謂之外苦。

簡言之，內苦是指來自眾生自身生理和心理兩方面的苦惱；外苦則是指來自外界的災禍。「三毒」，佛教指貪欲、瞋恚、愚癡這三種煩惱。「駕輿」，掉轉車頭以改變行進方向，亦隱喻蕭衍「捨道事佛」的宗教轉變。本段主要寫追求佛教濟渡以脫離苦海之心，屬於個人宗教意識的傾訴。

自「面勢周大地」至「梵住踰八禪」為第二段，描繪大愛敬寺的周圍形勢、風景、建築等。「七淨」，佛家語，指七種淨：一為戒淨，心口所作的清淨；二為心淨，斷除煩惱使心清淨；三為見淨，見法之真性而不起妄想；四為度疑淨，見解深透而斷除疑惑；五為分別道淨，即分別是道非道，是道宜行而非道宜捨；六為行斷知見淨，指能知見所行之善法與所斷除之惡法，而通達分明；七為涅槃淨，證得涅槃、遠離諸垢。「八禪」，八種禪定工夫，即「八解脫」之簡稱。本段屬描繪佛教景觀的文字。

自「始得展身敬」至「貽爾後來賢」為第三段，詩人說自己不求成仙，而虔心向佛，表達對佛法的崇敬與嚮往。「菩提」，梵語bodhi，意譯為覺道，覺即覺悟，道自然是指佛道。諸佛均因覺道而成佛，故稱為「聖種子」。「十力」，佛家稱如來所具足的十種智力：一、知是處非處智力，即指能知一切事物是道和非道的智力。處，謂道理。二、知三世業報智力，即能知一切眾生三世因果業報的智力。三、知諸禪解脫三昧智力，即能知各種禪定及解脫三昧淨垢的智力。四、知諸根勝劣智力，即能知眾生根性的勝劣，及得果大小的智力。五、知種種解智力，即能知一切眾生對善惡的種種不同知解的智力。六、知種種界智力，即能遍知眾生種種界分不同的智力。七、知一切至所道智力，即能知一切眾生行道因果的智力。八、知天眼無礙智力，即能以天眼無障礙地遍見眾生之生死及善惡業緣。九、知宿命無漏智力，即如實遍知過去世之種種事的智力。十、知永斷習氣智力，即對於一切妄惑習氣，皆永斷不生，能如實遍知的智力。「果上果」，即果果，指涅槃。佛家以為：菩提為修行之結果，故謂之為果。而依菩提可證涅槃，故涅槃曰果果。「天中天」，指佛。因天為人之所尊，而佛又為天之所尊，故稱佛為「天中天」。「空同」，語出《莊子．在宥》：「黃帝立為天子十九年，令行天下，聞廣成子在於空同之山，故往見之。」「汾陽」，汾水之北，語出《莊子．逍遙遊》：「堯治天下之民，平海內之政。往見四子藐姑射之山，汾水之陽，窅然喪其天下焉。」詩人在這裡以「空同」、「汾陽」喻老莊道家的理想境界，而以反詰問句道出，則強烈表明唯佛是信的虔誠心念。此即梁武帝留予「後來賢」的贈語。本段是詩人對佛教信仰的宣揚與表白。蕭衍在詩中談佛說理，訓誡的意味頗濃；而第二段對佛寺周圍環境的描寫，則又是山水景觀與佛理的結合。

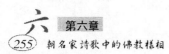

蕭衍另有一首〈覺意詩賜江革〉，勸江革精進、修勝。其詩曰：

唯當勤精進，自強行勝脩。豈可作底突？如彼必死囚。（《逯書．梁詩．卷一》，頁一五三八）

逯欽立為之注云：「《梁書》曰：『時高祖盛於佛教，朝賢多啟求受戒。革精信因果，而高祖未知，謂革不奉佛教，乃賜革覺意詩五百字。』」「底突」，猶言唐突、頂撞。蕭衍以為江革不信奉佛教，遂作此詩勸江革要「精進」、「脩」「勝」佛法，不可唐突、頂撞，否則必如「死囚」無救。

在蕭衍滲入佛教語言、思想的詩歌篇什中，還有一首情調浪漫的愛情詩，即〈聞歡歌二首〉其一，甚為特別。其詩云：

豔豔金樓女，心如玉池蓮。持底報郎恩，俱期遊梵天。（《逯書．梁詩．卷一》，頁一五一八）

這首詩寫美麗的金樓女，為愛情願與郎君俱修佛法，期望能攜手一同進入離欲寂靜的梵天。據《梁書．高祖丁貴嬪傳》載：

及高祖弘佛教，貴嬪奉而行之，屏絕滋腴，長進蔬膳。受戒日，甘露降于殿前，方一丈五尺。高祖所立經義，皆得其指歸。尤精《淨名經》。所受供賜悉以充法事。

《梁書》中丁貴嬪的形象與詩中所寫的「金樓女」頗為吻合，應是武帝以丁貴嬪為模特兒而寫成的作品。蕭衍在詩中盛讚丁貴嬪虔信向佛，「心如玉池蓮」，愛情真摯，為報答自己對她的愛，亦修持佛法，希望能「俱遊梵天」。這是一首十分羅曼蒂克的愛情詩。

蕭衍一生中，儒、釋、道三教兼修，後雖因皈依佛法而聲言捨道，但觀其思想行為、施政措施，其實並未排斥儒、道，而是採兼容並蓄、三教合用的態度，表現出宗教融合的色彩。而這樣的色彩，亦呈現於蕭衍的詩歌作品之中。如蕭衍〈贈逸民詩十二章〉其五云：

> 仁者博愛，大士兼撫。慈均春陽，澤若時雨。心忘分別，情無去取。等皆長養，同加嫗煦。譬流趨海，如子歸父。（《逯書．梁詩．卷一》，頁一五二六）

大士乃佛教對菩薩的通稱，亦專指觀世音菩薩。梁武帝在這首詩中，將儒家仁者的博愛和佛教大士的慈悲等同齊觀，認為二者不必加以「分別」和「去取」。這是首融合佛、儒思想於一堂的詩章。再看其〈會三教詩〉：

少時學周孔，弱冠窮六經。孝義連方冊，仁恕滿丹青。踐言貴去伐，為善存好生。中復觀道書，有名與無名。妙術鏤金版，真言隱上清。密行貴陰德，顯證表長齡。晚年開釋卷，猶日映眾星。苦集始覺知，因果乃方明。示教惟平等，至理歸無生。分別根難一，執著性易驚。窮源無二聖，測善非三英。大椿徑億尺，小草裁云萌。大雲降大雨，隨分各受榮。心想起異解，報應有殊形。差別豈作意？深淺固物情。（《逯書．梁詩．卷一》，頁一五三一～一五三二）

蕭衍在這首詩中，透過自己思想的發展歷程，對儒、道、釋三教進行評析與會同，並以總結於三教一體。全詩共分四節，自「少時學周孔」至「為善存好生」為第一節，敘自己少時如天下士子一般，沈浸儒術，崇周慕孔。而儒教經典「六經」，教義「孝義」、「仁恕」、「去伐」、「好生」等，也為自己窮讀和服習。第二節自「中復觀道書」至「顯證表長齡」，則寫自己後來又學道的經歷。道教的「有名」、「無名」之說，「妙術」、「真言」之理，皆為自己所修習，故知「貴陰德」方能「長齡」。自「晚年開釋卷」至「至理歸無生」六句，是為第三節。言自己晚年信佛，深覺佛法猶如「日映眾星」般，高於儒、道二教，他知「苦集」、明「因果」、信「平等」而悟「無生」。前三節可視為分論，而第四節則總論三教。自「分別根難一」至「深淺固物情」，言三教根源相同，不應執著於一端。故云「窮源無二聖，測善非三英」，以為三教一體，分別之見乃是由「心想」而起，其實三者各有妙用，不應偏廢。然而從「猶日映眾星」句，及「大椿」、「小草」之喻，仍可看出蕭衍在對三教的態度上，雖是兼容並蓄，但仍是把「佛教」置於首位，而將儒、道包容於其中的。這首詩熔鑄三教思想於一爐，將蕭衍對三教的信仰風貌及宗教態度，表露無遺。

梁武帝生於三教並馳的時代環境中，先後接受三教的洗禮和薰陶，在思想意識上，一直都是三教兼有並用的。由其詩歌中所展現出的佛教風貌，可知他對佛教的崇信與提倡確實是積極且不遺餘力的。他雖認為三教皆不可無，但在宗教信仰的領域之中，卻是以佛教為尊的。而在現實政治生活裡，他才是實行三教並用的政策。故任繼愈在《中國佛教史》說：

> 三教從不同角度，用不同的方法維護與鞏固封建統治秩序。這是梁武帝，也是其他統治階級代表人物主張三教一致，推行三教並用政策的現實原因所在。（註二二）

蕭衍在詩歌中展現出對佛教的崇信與虔誠，也同時呈現出三教融合的豐富宗教色彩。

## 第三節　蕭綱詩歌中的佛教樣相

梁簡文帝蕭綱曾曰：「立身之道，與文章異。立身先須謹重，文章且須放蕩」（註二三）。《梁書．簡文帝本紀》說他：「雅好題詩，其〈序〉云：『余七歲有詩癖，長而不倦。』然傷於輕豔，當時號曰『宮體』」。後世遂以宮體詩之創始人視之，以為其詩風格多綺靡冶豔，實則不然。觀蕭綱之詩，題材多而廣，除宮體詩外，征戍詩、山水詩、詠物詩、閨怨詩等，無論在質或量上，都相當可觀（註二四）。尤其他的雙親、兄長皆奉佛，在家族佛教氣氛濃厚的影響下，蕭綱對信佛亦十分虔誠，在他的詩歌作品中，自然也就滲入了佛教的思想、語彙，於詩作中呈現出佛教的風貌。

### 一、蕭綱生平

蕭綱，字世纘，小字六通，梁武帝蕭衍第三子，昭明太子蕭統同母弟。梁武帝天監二年（西元五〇三年）十月生於顯陽殿。他自幼聰慧，據《梁書．簡文帝本紀》載：

> 太宗幼而敏睿，識悟過人，六歲便屬文。高祖驚其早就，弗之信也，乃於御前面試，辭采甚美。

殿前的一番面試，梁武帝對他的早慧、文采讚譽有加。他「攬筆立成文」，武帝高興的說：「常以東阿為虛，今則信矣。」（《南史．簡文帝本紀》）其才思敏捷，由此可知。天監五年（西元五〇六年），蕭綱四歲，被封為晉安王，食邑八千戶。之後則「歷試蕃政，所在有稱」（《南史．簡文帝本紀》）。大通三年（西元五三一年），昭明太子蕭統以三十一歲之英年溺水夭逝，蕭綱被徵入朝，後即被立為太子。

太清三年（西元五四九年）三月，侯景攻破臺城。五月，梁武帝蕭衍餓死於淨居殿，侯景遂擁立蕭綱為帝，改元大寶，當時蕭綱四十七歲。侯景自封為相國、宇宙大將軍，都督六合諸路軍事，蕭綱實際上只是個傀儡皇帝。兩年後，即大寶二年（西元五五一年）八月，侯景廢簡文帝，降為晉安王，並將他幽執於永福省。至同年十月，侯景命王偉、彭㑺、王脩等人弒蕭綱，篡位，時年僅四十九歲（註二五）。

## 二、蕭綱與佛教因緣

蕭綱之父梁武帝蕭衍、兄長昭明太子蕭統，皆篤信佛教，而其母丁貴嬪亦虔心向佛。據《梁書．高祖丁貴嬪傳》載：

> 貴嬪性仁恕，及居宮內，接馭自下，皆得其歡心。……及高祖弘佛教，貴嬪奉而行之，屏絕滋腴，長進蔬膳。受戒日，甘露降于殿前，方一丈五尺。高祖所立經義，皆得其指歸。尤精《淨名經》。所受供賜悉以充法事。

蕭綱身處佛教氛圍濃厚的家庭中，自然也篤信佛教（註二六）。如他入東宮為太子後，曾以蕭綱、蕭綸、蕭紀等人的名義，多次聯名上書請梁武帝親臨重雲寺、同泰寺等處，講解《大般若涅槃經》、《摩訶般若波羅密經》等佛經（《廣弘明集．卷十九》）。

蕭綱有關佛教的著述不少，如他曾撰寫〈莊嚴旻法師成實論義疏序〉（《廣弘明集．

卷二十》），稱《成實論》：「百流異出，同歸一海；萬義區分，總乎《成實》。」並讚頌梁武帝德行如法輪大轉，使莊嚴寺僧旻也在京師弘揚《成實論》。又寫有〈六根懺文〉與〈悔高慢文〉（《廣弘明集・卷二十八》），前者敘述誠心懺悔六根之業障，以除祛眼、耳、鼻、舌、身、意等六根之垢，成為清淨六根；後者言須懺悔高慢，削除七慢、抑制六根，而虔心皈依三寶。上述二文，皆透露出強烈的佛教懺悔思想。簡文帝還曾撰寫〈謝敕為建涅槃懺啟〉一文，以感謝梁武帝在同泰寺瑞應殿建涅槃懺。此外，簡文帝尚有〈上菩提樹頌啟〉、〈菩提樹頌〉、〈唱導文〉、〈奉阿育王寺錢啟〉、〈謝敕苦行像并佛跡等啟〉、〈謝敕參迎佛啟〉、〈答敕聽從舍利入殿禮拜啟〉、〈謝敕使入光嚴殿禮拜啟〉、〈謝敕使監善覺寺起刹啟〉、〈謝御幸善覺寺看刹啟〉、〈千佛願文〉、〈寺刹佛塔諸銘頌〉、〈樓禪精舍銘〉、〈上大法頌表〉、〈大法頌〉（註二七）等有關佛教的文字。

然而，蕭綱佛教著述中最為重要的，當屬成書於中大通六年（西元五三四年）的《法寶聯璧》三百卷。據《南史・陸罩傳》載：

> 初，簡文在雍州，撰《法寶聯璧》，罩與群賢並抄掇區者數歲。中大通六年而書成，命湘東王為序。其作者有侍中國子祭酒南蘭陵蕭子顯等三十人，以比王

象、劉劭之《皇覽》焉。

蕭綱愛文好士，為晉安王歷試諸藩時，府中文士已足可與朝廷昭明太子集團平分秋色。普通四年（西元五二三年），蕭綱累遷為雍州刺史，以徐摛為王府諮議、庾肩吾為王府常侍，摛子徐陵、肩吾子庾信也參與其事。當時蕭綱曾置高齋學士，有劉孝威、江伯瑤、鮑至、徐摛、孔鑠等十人，撰寫眾書典籍。而他繼為太子，入主東宮後，又開文德省，置學士。《梁書．庾肩吾傳》載：

及居東宮，又開文德省，置學士。肩吾子信、摛子陵、吳郡張長公、北地傅弘、東海鮑至等，充其選。

蕭綱大力招攬文士入其文學集團，其盛況直欲凌駕昭明文學集團之上。這部《法寶聯璧》，是蕭綱在雍州修築藩府時就開始著手編纂的著作，共有三十餘人參與這項工作。據收錄於《廣弘明集．卷二十》中湘東王蕭繹所寫〈梁簡文帝法寶聯璧序〉載：

皆仰稟神規，躬承睿旨，爰錫嘉名，謂之「聯璧」。聯含珠而可擬，璧與日而方昇。以今歲次攝提星在監德，百法明門於茲總備，千金不利，獨高斯典，合二百二十卷，號曰《法聯珠璧》。

並於文後陳述編纂人及其爵位，共三十七人。〈序〉中言是書共「二百二十卷」，而《南史》則謂「三百卷」，因《隋書．經籍志》中不載此書，可見早已散佚，故其確實卷數已不可知，但它的確是部宣揚佛教的巨著，卻是無庸置疑的。

## 三、蕭綱詩歌中的佛教樣相

蕭綱既受家族宗教氛圍影響，皈依三寶，邃於佛學，即其詩歌作品中，亦不乏論述佛理，含有佛教語言及思想的篇什。如其〈十空詩六首〉：

如幻

漢安設大響，周穆置高臺。三里生雲霧，瞬息起冰雷。空持生識縛，徒用長心災。慧人恒棄捨，庸識屢邅迴。六塵俱不實，三界信悠哉。

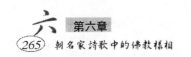

水月

圓輪既照水，初生亦映流。溶溶如漬壁，的的似沈鉤。非關顧免沒，豈是桂枝浮。空令誰雅識，還用喜騰猴。萬累若消蕩，一相更何求。

如響

疊嶂迥參差，連峰鬱相拒。遠聞如句詠，遙應成言語。竟無五聲實，誰謂八音所。空成顛倒群，徒迷塵縛侶。愍哉火宅中，茲心良可去。

如夢

祕駕良難辯，司夢並成虛。未驗周為蝶，安知人作魚。空聞延壽賦，徒勞岐伯書。潛令六識擾，安能二惑除。當須耳應滿，然後會真如。

如影

朝光照皎皎，夕漏轉駸駸。晝花斜色去，夜樹有輕陰。並能與眼入，俱持動惑心。息形影方止，逐物慮恒侵。若悟假名淺，方知實相深。

鏡　象

精金宛成器，懸鏡在高堂。後挂七龍網，前發四珠光。迥望疑垂月，傍瞻譬壁璫。仁壽含萬類，淮南辯四鄉。終歸一亡有，何關至道場。（《逯書．梁詩．卷二十一》，頁一九三七～一九三八）

蕭綱〈十空詩六首〉，明顯是仿效梁武帝蕭衍〈十喻詩五首〉而作，其中〈如幻〉、〈如夢〉連題目也相同。蕭綱這六首〈十空詩〉同於鳩摩羅什及蕭衍的〈十喻詩〉，亦用以喻空，透過「如幻」、「水月」、「如響」、「如夢」、「如影」、「鏡象」等方面，論證人生虛幻、萬法皆空的道理，闡釋了大乘佛教的緣起性空說。其一〈如幻〉，詩人回顧佛教傳入中國的經過，對「空持生識縛」的「庸識」之徒深為歎惋，以為應認清「六塵俱不實」之理，方能「悠哉」於「三界」之中。其二〈水月〉，透過映照於水中之月，喻大千世界亦如水月虛幻不實，應「消蕩」塵世萬千煩累，而不求於「一相」。其三

〈如響〉，言天地萬籟「遠聞如句詠，遙應成言語」，但此種種亦屬空幻，而感歎「竟無五聲實，誰謂八音所」，眾生不應「徒迷」於「塵縛」之中，而應自三界「火宅」中速去。「五聲」，指宮、商、角、徵、羽五音。「八音」，我國古代對樂器的統稱，通常為金、石、絲、竹、匏、土、革、木八種不同質材所製，後亦泛指音樂。其四〈如夢〉，主旨在「司夢並成虛」，並以「莊周夢蝶」及「濠梁魚樂」之典，言生死、夢覺的虛幻，唯能除「六識」、「二惑」之擾，方能「會真如」。「莊周夢蝶」及「濠梁魚樂」皆出於《莊子》，為道家用語。《莊子．齊物論》：

昔者莊周夢為胡蝶，栩栩然胡蝶也。自喻適志與，不知周也。俄然覺，則蘧蘧然周也。不知周之夢為胡蝶與？胡蝶之夢為周與？

《莊子．秋水》云：

莊子與惠子遊於濠梁之上。莊子曰：「儵魚出遊從容，是魚樂也。」惠子曰：「子非魚，安知魚之樂？」莊子曰：「子非我，安知我不知魚之樂？」

「六識」，即眼識、耳識、鼻識、舌識、身識、意識六者，言六根對六塵而生見聞嗅味覺思的了別作用。「二惑」，指見惑與思惑，即見解及思想上的迷惑錯誤。斷此見思二惑，即證阿羅漢果，出離三界。「真如」，真是真實不虛，如是如常不變，合真實、如常二義，謂之真如。又真是真相，如是如此，真相如此，故名真如，真如是法界相性真實如此之本來面目，恆常如此，不變不異、不生不滅、不增不減、不淨不垢，即無為法。亦即一切眾生的自性清淨心，亦稱佛性。《起信論》云：

一切諸法，從本已來，離言說相，離名字相，離心緣相，畢竟平等，無有變異，不可破壞，唯是一心，故名真如。

其五〈如影〉，以影之虛幻，言「並能與眼入」皆因「俱持動惑心」，如同「息形影方止」的道理一般，眾生應停止物欲的追逐，才能不再受煩慮侵擾。其六〈鏡象〉，以鏡中之象雖可見，但「終歸一亡有」，喻一切諸法亦如鏡象，並無實體，皆由因緣和合而生，諸行無常而萬法皆空。六首詩皆言「空」，而其中以《莊子》之典為喻，可見佛、道思想相合之跡。

簡文帝另有〈水中樓影詩〉一首，則是由「明心見性」的角度言「色」、「影」。其詩云：

> 水底罘罳出，萍間反宇浮。風生色不壞，浪去影恆留。（《逯書・梁詩・卷二十二》，頁一九七六）

這是一首寫觀水中倒影而有所感悟的詩。「罘罳」，指設在屋簷或窗上以防鳥雀的金屬網或絲網。表面看來，這首小詩是寫樓影倒映於水面，清晰可見，交疏的窗櫺罘罳蕩漾水底，水中浮萍與樓影交錯浮現，風吹波動、水流浪濺，但流水並不能沖去樓影，浪過後，樓影依舊搖曳於水中。「色」、「影」是佛家獨特的世界觀。「色」，廣義言之，指一切有形象和佔有空間的物質；狹義而言，則專指眼根所取之境。「影」，比喻因緣所生之事物。「風生色不壞，浪去影恆留」，色是不實的，影亦為虛幻之物，但詩人云「風生」、「浪去」而「色不壞」、「影恆留」，說的是禪家自性清淨，外物不侵的感悟。由禪家看來，世間一切莫非佛性之體現，故可自色中見性明心，並使我消融於佛性的色中，頓悟而明，心自清淨。

在蕭綱宣揚佛理的詩作中，有兩首與其父蕭衍的唱和之詩。一為〈和會三教詩〉，一為〈和贈逸民應詔詩十二章〉其五。先看〈和會三教詩〉，詩云：

聚沫多緣假，標空非色香。漢君雖啟夢，晉后徒降祥。玄機昔未辯，洞鑒資我皇。（《逯書・梁詩・卷二十二》，頁一九六七）

蕭衍原詩中描述自己「少時學周孔」、「中復觀道書」至「晚年開釋卷」，奉佛皈依的歷程，蕭綱此詩則承武帝詩旨而來。起首二句闡述佛理，言世界諸法，不過猶如泡沫雲煙，不具實相而終自為空。「漢君雖啟夢」以下四句，則轉而切題，言漢明帝時雖有聖佛啟夢，晉帝時徒有佛降祥，但皆未能徹悟「玄機」，只有我皇梁武帝，於佛旨多所理悟，而能「洞鑒」佛理。這雖是一首對皇帝歌功頌德的詩作，但亦呈現出梁代君王對佛教的態度，及佛教在當時盛行的原因之一。

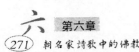

再看〈和贈逸民應詔詩十二章〉其七：

愍茲五濁，矜此四流。既開慧海，廣列檀舟。金輪寶印，丹枕白牛。率土祛

惑，含生離憂。大羅網息，作士刑休。（《逯書．梁詩．卷二十一》，頁一九二八）

這也是首歌頌武帝的詩歌。「五濁」，指命濁、眾生濁、煩惱濁、見濁、劫濁。命濁，眾生因煩惱叢集而心身交瘁、壽命短促；眾生濁，世人每多弊惡，故心身不淨、不達義理；煩惱濁，世人貪於愛欲、瞋怒爭鬥，而陷溺不已；見濁，世人知見不正、不奉正道，而異說紛紜，莫衷一是；劫濁，生當末世，饑饉、疾疫、刀兵等相繼而起，生靈塗炭，永無寧日。「四流」，即四暴流。暴流為煩惱之異名，以煩惱能使善品流失，猶如洪水使家屋樹木流失，故名。四暴流即指能使善品流失的四類煩惱：一、欲暴流，指眼、耳、鼻、舌、身相應於色、聲、香、味、觸等五境而起的識想，即所謂的五欲。二、有暴流，指色界、無色界的貪、慢、疑等。三、見暴流，指錯誤偏邪的思想見解。四、無明暴流，指與癡相應的煩惱。這首詩盛讚梁武帝深悟佛理，以佛法大開慧海於家國，「廣列檀舟」布施渡化人民，使率土之民皆「祛惑」、「離憂」，國家在佛光的普照下，使「大羅網息」、「作士刑休」。

另蕭綱有〈蒙預懺直疏詩〉一首，蕭衍曾為作〈和太子懺悔詩〉唱和之。蕭綱詩云：

皇情矜幻俗，聖德愍重昏。制書開攝受，絲綸廣慧門。時英滿君囿，法侶盛天園。俱銷五道縛，共蕩四生怨。三脩袪愛馬，六念靜心猿。庭深林彩豔，地寂鳥聲喧。上風吹法鼓，垂鈴鳴晝軒。新梅含未發，落桂聚還翻。早煙藏石磴，寒潮浸水門。一朝蒙善誘，方願遣籠樊。（《逯書．梁詩．卷二十一》，頁一九三五）

這是蕭綱為行佛教淨身懺悔之禮所作的詩。懺悔是指悔謝罪過以請求諒解。懺為梵語懺摩之略譯，及「忍」之義，即請求他人忍罪；悔，追悔、悔過之義，即追悔過去之罪，於佛、菩薩、師長、大眾面前告白道歉，以期達到滅罪的目的。除蕭衍有和詩外，王筠亦有〈奉和皇太子懺悔應詔詩〉及〈和皇太子懺悔詩〉等唱和之（均見《逯書．梁詩．卷二十四》，頁二〇一四）。此詩起首「皇情矜幻俗」至「法侶盛天園」六句，寫皇帝「聖德」，「制書開攝受」，使得「時英」、「法侶」滿聚「君囿」、「天園」。自「俱銷五道縛」至「六念淨心猿」四句，言修習佛法以銷五道之縛、掃蕩四生之怨，並用「三

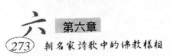

脩」、「六念」的修性工夫，「祛愛馬」、「靜心猿」。「五道」，即五惡道，指地獄、餓鬼、畜生、人、天等。「四生」，指胎生、卵生、濕生、化生等四種生命生成方式。胎生，指在母胎內成體後出生的生命，如人類屬之；卵生，指在卵殼內成體後才出生的生命，如鳥類屬之；濕生，指依靠濕氣而受形的生命，如蟲類屬之；化生，指無所依託，只憑業力而忽然生成的生命，如諸天及地獄之眾生屬之。「三脩」，指常修、樂修、我修，是菩薩乘行人破除聲聞乘行人對於無常、諸苦、無我的執著的修性工夫。「六念」，指念佛、念法、念僧、念戒、念施、念天等六種修持。「愛馬」，喻愛欲如馬奔馳，故稱愛馬。「心猿」，指心若猿猴躁動不止，故稱心猿。自「庭深林彩豔」至「寒潮浸水門」八句，則是對行淨身懺悔之禮所在地的景物作描繪。「晝軒」，疑為「畫軒」之誤。最後二句是全詩重點，寫懺悔修持後得蒙善誘，而能發願遠離世俗的樊籠。

簡文帝詩作中，亦有山水景物與佛理相結合的作品。如〈往虎窟山寺詩〉、〈望同泰寺浮圖詩〉、〈旦出興業寺講詩〉、〈遊光宅寺詩應令詩〉、〈夜望浮圖上相輪絕句詩〉等詩（註二八），皆是先寫景，而後歸結於佛理的篇什。〈往虎窟山寺詩〉，為其中佳作。其詩云：

塵中喧慮積，物外眾情捐。茲地信爽塏，墟壟曖阡綿。藹藹車徒邁，飄飄旌旄懸。細松斜逶逕，峻嶺半藏天。古樹無枝葉，荒郊多野煙。分花出黃鳥，挂石下新泉。蓊鬱均雙樹，清虛類八禪。栖神紫臺上，縱意白雲邊。徒然嗟小藥，何由齊大年？

這是首寫景記遊、以佛理入詩的作品。詩人透過對往虎窟山寺途中所見、所聞及所感的描述，抒發自已嚮往清虛，追求清靜澄慮之情。起首四句，點明詩人前往虎窟山寺的心境。塵世充滿世俗喧慮，唯有超脫物外才能擺脫眾情的煩擾，而爽塏的佛地正是能使人超然物外的所在。「爽塏」，明亮乾燥之意，指寺院建於敞亮的高處。「阡綿」，即芊綿，指卉木蔓延叢生。這兩句詩，為虎窟山寺塑造出一個深幽清靜的景觀環境。自「藹藹車徒邁」至「挂石下清泉」八句，寫路中所見之景。浩浩蕩蕩的車騎向山上邁進，旌旗飄揚於空中。一路行來，但見細松、小徑，崇嶺、古樹，荒郊野煙瀰漫，花叢黃鶯飛掠，石岩流瀉清泉。「蓊鬱均雙樹」至「何由齊大年」六句，則由景而興感。「清虛」，清淨虛無，道家語。《文子・自然》：「老子曰：『清虛者天之明也，無為者治之常也。』」又《漢書・敘傳》曰：「若夫莊子者，絕聖棄智，修生保真，清虛淡泊，歸之自然，獨師友造化，而不為世俗所役者也。」「八禪」，即八解脫，八種能使人解脫的禪定工夫。「紫臺」，猶言紫宮，指帝王所居之宮苑。詩人以道家之「清虛」類比於佛家的「八禪」，認為若作到清淨虛無、淡泊無為，即能捐棄眾情而獲得心靈空明澄澈的解脫，那麼即使生活於帝王的宮苑，也能保持心中清淨無染的佛性，而「縱意白雲邊」了。若不明此理，徒然感歎於微不足道的藥物，又如何能達到延年益壽的目的呢？結尾二句，表現出對道教服食思想的不認同，他認為解脫之道，仍在於擺脫世俗羈絆而超然物外，以保持心靈的真如佛性。詩人在佛地、佛理中，揉合了清虛的道情，認為佛、道二家出世思想有相合之處，於詩歌中呈現出佛、道融合的風貌。蕭綱此詩，有大量的唱和之作，因而形成了一個詩歌組群，其中含有佛教語言及思想的就有陸罩〈奉和往虎窟山寺詩〉、鮑至〈奉和往虎窟山寺詩〉、孔燾〈往虎窟山寺詩〉、王臺卿〈奉和往虎窟山寺詩〉、王冏〈奉和往虎窟山寺詩〉等（註二九）。帝王皇家對於宗教信仰與文學的影響力，由此可見一斑。

再看其〈旦出興業寺講詩〉，詩云：

沐芳肅朝帶，駕言抵淨宮。羽旗承去影，鐃吹雜還風。吳戈夏服箭，驥馬綠沈弓。水照柳初碧，煙含桃半紅。由來六塵縛，宿昔五纏朦。見鶴徒知謬，察象理難同。方知悉四辯，奚用語三空。

此詩描述蕭綱於清晨至興業寺講說佛經的經過，進而論述自己對佛理的體悟。起首二句，詩人即表現出對佛門執禮的虔敬。「淨宮」，指興業寺。佛教徒稱比丘居住的地方為「淨地」，取清淨其地之意，故此處以「淨宮」代指佛寺廟宇。這兩句詩，寫詩人以香草淨身，恭敬地束好衣帶，這才乘車到興業寺。自「羽旗承去影」至「驥馬綠沈弓」四句，描述他「旦出興業寺」的情形。翠羽為飾的旌旗飄展空中，高奏的軍樂在迴風中繚繞，隨行的士兵手執吳戈、身佩夏服箭、足跨千里馬、腰懸綠沈弓。由此陣容與場面的盛大，可見梁朝帝王對佛教的禮敬虔誠。接著，詩人詩筆一轉，「水照柳初碧，煙含桃半紅」，描繪眼前春水映柳、煙景桃紅的春日景色。「由來六塵縛」至「奚用語三空」六句，則又由景而言感悟。「六塵」，指色塵、聲塵、香塵、味塵、觸塵、法塵。謂其能污染人們清淨心靈，使真性不能顯發。「五纏」，即五縛。佛教認為外界之對象可以纏縛人的精神，使之不自在、不解脫，而這種種對象所引起的纏縛煩惱，可分為五種，稱之為「五縛」。「四辯」，梵語catasrah pratisamvidah，略作四無礙、四解、四辯。指四種自由自在、而無所滯礙的理解能力（即智解）及言語表達能力（即辯才）。又此為化渡眾生之法，故亦稱四化法。「三空」，指空、無相、無願，是佛教重要修行方法。這幾句詩寫詩人深感自己向來被「六塵」、「五纏」所煩擾，而如同見長壽的鶴鳥則知人壽千年的想法是荒誕不經的一樣，經過觀察萬事萬象的無常流變後，才知長壽之思和不生不滅的佛理是難以相合的。由此，詩人才明白從前行止有愧於四辯，而現在又怎能修談三空呢？詩人於字裡行間，充分表露出他對禮佛求法的無比至誠。這首寫景僅寥寥二句，而以佛家語闡釋佛理，又顯得艱澀難解，與前一首〈往虎窟山寺詩〉相較，則缺少引人入勝的理趣，而流於枯燥的說理。

蕭綱含佛教語言及思想的詩歌作品，在數量上明顯比謝靈運及其父蕭衍要來得多。但他這類的作品，幾乎都是闡述佛教哲理的篇什，而不見與佛、道二教融合之跡，雖有〈十空詩〉其四〈如夢〉用《莊子》「莊周夢蝶」、「濠梁魚樂」之典，及〈往虎窟山寺詩〉以道家「清虛」之詞類比佛家之「八禪」，但其詩中所展現的仍是純佛教風貌，三教融合之跡，在蕭綱的詩作中是較為少見的。且其滲入佛教的詩歌篇什，闡釋佛旨多半流於枯燥的說教論理，而缺少引人入勝的理趣及耐人尋味的詩韻。這或許就是蕭綱之禪理詩較不為後世所重視的原因之一吧！

## 注釋

註一　見孫昌武：《佛教與中國文學》（臺北．東華書局，民國七十八年十二月初版），頁六〇～六一。

註二　見張溥《漢魏六朝百三家集》《顏光祿集》（台北．新興出版社民國五十七年三月新一版），頁二〇七七～二〇八〇。

註三　見陳慶元：《沈約集校箋》（杭州．浙江古籍出版社，一九九五年十二月，一版一刷），頁一四七～一四八、一五三～一五五、五～一二、一九六～一九七、一八六、一九〇。

註四　分別見《逸書．梁詩．卷六》，頁一六三二～一六三三、一六三九、一六六〇、一六六二。

註五　謝靈運生平，主要參考林文月：《謝靈運及其詩》（臺灣大學中研所碩士論文，民國六十四年六月）、林文月：《謝靈運》（臺北．國家出版社，民國七十一年五月）、陳美足：《南朝顏謝詩研究》（臺北．文津出版社，民國七十八年十二月），頁二五～三三、李森南：《山水詩人謝靈運》（臺北．文史哲出版社，民國七十八年七月初版）。

註六　關於謝靈運一族的譜系、世系及族人生平事略，可參見陳美足《南朝顏謝詩研究》（同註五）中之〈謝氏譜系表〉、〈謝氏世系表〉，頁九～一四。

註七　見湯用彤：《理學．佛學．玄學》（臺北．淑馨出版社，民國八十一年一月初版），頁一一一～一一二。以下謝靈運有關佛教之事跡，皆以湯用彤此表年代為準。

註八　關於謝靈運述竺道生之頓悟義，可參見註七，頁一四六～一五〇。

註九　見〈答王衛軍書〉，《廣弘明集．卷十八》

註一〇　湯用彤將此事繫於永初元年，而張伯偉在《禪與詩學》（臺北．弘智文化公司，一九九五年一月初版）中，則據《宋書．范泰傳》以為當在景平年間。因不知湯氏所據為何，故此處從張說。

註一一　同註一，頁七四。

註一二　參考林文月：《謝靈運》（同註五），頁一二六～一二七。

註一三　見葉瑛：〈謝靈運文學〉（臺北．《學衡》（民國十三年九月，第三十三期），頁四五～四七。

註一四　同註十二，頁一四九。

註一五　關於蕭衍生平，主要參考顏尚文：《梁武帝》（臺北．東大圖書公司，民國八十八年十月初版）、胡德懷：〈蕭衍評傳〉《齊梁文壇四蕭研究》，南京．南京大學出版社，一九九七年七月一版一刷），頁一四三～一六六、方立天：〈梁武帝蕭衍與佛教〉《中國佛教研究》（上），臺北．新文豐出版公司，民國八十二年五月臺一版），頁三四七～三九〇。

註一六　關於蕭衍與儒、道有二教的淵源，可參見洪師順隆：〈梁武帝蕭衍作品的宗教風貌〉（臺北．《國立編譯館館刊》，民國八十六年十二月，第二十六卷第二期），頁六七～七二、鎌田茂雄著／關世謙譯：《中國佛教通史》（第三卷），（高雄．佛光出版社，民國七十五年十二月初版），頁二〇二～二〇七。

註一七　白衣，佛教徒著緇衣，因稱俗家為「白衣」。「白衣僧正」，指俗家僧官。

註一八　「三淨肉」，《十誦律》云：「我聽噉三種淨肉，何等三？不見、不聞、不疑。」意思是說沒有看見、沒有聽見和沒有嫌疑是為我而殺的三種肉。

註一九　因數量眾多，此處不及備載。可參考任繼愈主編：《中國佛教史》（第三卷），頁二一一～二二二。

註二〇　同註一九，頁二二三～二二四。

註二一　以下主要參考洪師順隆：〈梁武帝蕭衍作品的宗教風貌〉，頁八三～八七、龔顯宗：〈論蕭衍詩歌〉，（《論梁陳四帝詩》，高雄．復文圖書公司，一九九五年九月，初版一刷），頁三～六。

註二二　同註一九，頁二八。

註二三　見〈誡當陽公大心書〉，張溥：《漢魏六朝百三家集》《梁簡文帝集》。

註二四　參考龔顯宗：〈論蕭綱詩〉（《論梁陳四帝詩》，同註二一。

註二五　以上參考胡德懷：〈蕭綱評傳〉，（《齊梁文壇四蕭研究》，南京．南京大學出版社，一九九七年七月，一版一刷），頁一六七～一七〇。

註二六　以下關於蕭綱與佛教因緣，主要參考：鎌田茂雄著／關世謙譯：《中國佛教通史》（同註一六），頁二三九～二四二、胡德懷：〈蕭剛評傳〉（《齊梁文壇四蕭研究》，同註一五），頁一六三～一六四。

註二七　分別見《廣弘明集》卷十五、卷十六、卷二十。

註二八　分別見《逯書．梁詩．卷二十一》，頁一九三四、《逯書．梁詩．卷二十一》，頁一九三五、《逯書．梁詩．卷二十一》，頁一九三六、《逯書．梁詩．卷二十一》，頁一九三六～一九三七、《逯書．梁詩．卷二十一》，頁一九六八。

註二九　以上分別見《逯書・梁詩・卷十三》，頁一七七七、《逯書・梁詩・卷二十一》，頁一九三四、《逯書・梁詩・卷二十六》，頁二〇七六、《逯書・梁詩・卷二十四》，頁二〇二四、《逯書・梁詩・卷二十七》，頁二〇八九、《逯書・梁詩・卷二十七》，頁二〇九二。

# 第七章 結論

佛教源出於印度，約在西漢末年、東漢初年時傳入中國。佛教傳入中國之初，僅被視為黃老道術的一種，並沒有被當作一專門的宗教看待。至三國時期，一方面由於戰亂及政治、民生的紊亂，人民在生活困苦中急於尋求心靈的依靠，宗教信仰遂成為人們精神的寄託，而佛教也就在這樣的需求下進一步地流傳；另一方面，因為中國傳統的儒家體制在現實環境中逐漸崩壞，崇尚清虛無為的玄學開始盛行，佛教遂又倚傍於玄學而流布。在這種種歷史與社會現實的環境下，佛教經過西晉時期的發展與普及，終於在東晉時期逐漸擺脫自傳入以來的依附角色，在道安、鳩摩羅什、慧遠等諸僧的譯經活動與廣揚弘傳之下，得到南北兩地人民的接納，逐漸形成與儒、道二教鼎足而三、相互抗衡的態勢，並使得三教之間的衝突亦隨之興起。然而就在三教相互排斥的過程中，對儒、釋、道本身的思想內涵也產生不少的衝擊，使三教彼此在不同程度上相互融攝、交流，進而漸漸走向三教融合的巨流。

事實上，早在三國時期牟子的〈理惑論〉中，已可看出三教交融之跡，而至南北朝時期，三教間的相互融合，更是無可避免的趨勢。當時的名士文人、道人僧徒，甚至帝王公卿，大都同時受到儒、道、佛三教的影響，當時倡導佛道一致乃至三教合流的論者極多。然而除了理論之外，三教融合的思想，更大部分具體地展現在士大夫的行止與生活中。他們不執著於一個宗教，而是遊於三教之間，對於三教採取兼容並蓄的態度，這樣的思想與意識，深深影響且反映在他們的生活、行為與文學作品之中，可說是更真實的展現出當時三教交融的情形，及其對當代社會、生活與文化的作用和影響。

佛教由一個外來的宗教文化，在六朝一躍成為中國傳統文化中的重要成分之一，它不但在思想理論上吸收了傳統文化的養分，朝向中國化的路途邁進，同時也不斷地以各種方式滲入中國的社會生活中。佛教一方面影響著六朝的社會文化，同時也在當時社會環境的土壤中成長，建立完整的思想體系與組織活動，逐漸形成符合中國政治民情需求的宗教文化，與當時的政治、經濟、生活、文化等方面都產生密切而重要的關係。首先，在政治方面，帝王對佛教的信仰與提倡，不但使得佛教得以迅速的傳播與發展，也對佛教社會地位的提升大有助益。然而統治者提倡佛教，除個人信仰之外，政治上的可供利用亦是主要原因之一。統治者是在利用宗教鞏固王權、強化統治地位的前提下，有條件地提倡佛教，將佛教規範在有利且無害於王權的範圍之內，而這也在某些程度上限制了佛教的發展。其次，除沙門僧侶致力於對佛教的弘傳及義理的探析之外，文人士大夫亦在其中扮演重要角色。他們是社會的中堅分子，領導著社會文化風潮的走向。奉佛的士大夫，對佛教進行宣傳、捍衛與改造，對六朝時期佛教的發展，有深刻且重大的影響。同時佛教也滲入文人的思想、意識與骨血之中：與僧人交遊；遊覽山水、佛寺；參與講經、法會、齋會等，皆成為文人士大夫生活的一部分。而且，自南朝時期發展形成的寺院經濟，與朝廷、社會、人民的經濟處於相同脈動，彼此息息相關，影響極大。佛教影響著社會、經濟、生活、文化，甚至於政治，而它們同時也影響著佛教的發展；佛教影響社會各階層人士的生活與思想行為，上自帝王公卿、文人士大夫，下至販夫走卒、市井小民，而同樣地，各階層人士也皆對佛教的發展有所影響。這些影響是雙向且互動的。

宗教是社會意識形態之一，同時也是一種社會文化現象，不斷地伴隨著歷史的演進，滲入社會文化和現實生活中，對人們的社會生活及思想行為都有著重大的影響，成為社會生活（尤其是精神生活）中重要的成分之一。而文學正是透過文字來反映生活的，尤其是詩歌，它可說是詩人藉以反映情感思想與生活體驗的表達方式之一，故可反映出時代的生活思想與社會文化。宗教既深入人類的心靈、融入人民的生活，根深柢固於人們的意識之中，成為日常生活中重要的成分，自然也成為詩歌所要反映的生活思想與社會文化中的一部分了。故由詩歌的研究，自可呈現宗教在詩人心靈、生活中的風貌。

佛教既在六朝已深入人民的思想與生活，則六朝的詩歌必定反映了佛教影響當代生活的真實風貌。我們由六朝的詩歌中去探尋佛教的蹤跡，發現佛教對詩歌的影響並不僅限於佛教詩歌，在一些非宗教的詩歌中，亦可見到佛教語言及思想的蹤影，使吾人藉以探知詩人透過詩歌作品，所呈現出來之佛教的多樣風貌。

首先，就思想層次而言，六朝詩歌中，不僅含有直接宣說佛理之詩、懺悔之詩與臨終詩、佛教齋會、法會與受戒之詩、聽講佛經之詩、遊佛寺及望浮圖詩等多種展現佛教思想的篇什，更有佛道交融、佛儒會通及三教融合等呈現複雜而多樣的宗教風貌的作品。而六朝詩歌中亦蘊含無常思想、性空思想、苦諦思想、大慈大悲思想、修性思想、輪迴報應思想與西極之思等佛教思想，其思想內容之廣泛豐富，可見一斑。

就詩歌分類探析之，在傳統詩歌——《昭明文選》之詩歌分類法下，六朝詩歌佛教滲入篇什中，共有〈勸勵詩〉、〈獻詩〉、〈祖餞詩〉、〈招隱詩〉、〈遊覽詩〉、〈詠懷詩〉、〈贈答詩〉、〈挽歌〉、〈雜歌〉、〈雜詩〉等十類。其中以〈贈答詩〉與〈遊覽詩〉數量最多。六朝時期文人名士與僧侶間的交遊十分頻繁，他們或是談佛論理，或是共覽山水，或是相互勸勵，留下眾多相互酬贈唱和的詩歌，在這些贈答詩中，自然少不了蘊含佛教思想的作品。而在這種文士與僧人的交遊過程中，儒、佛交會乃至於三教融合的思想，自然也就在哲理的討論中顯現，並呈現於詩歌作品之中。

佛教滲入〈遊覽詩〉一類的作品中，以遊寺院佛塔者居多，這除了文人本身信仰佛教而近佛的因素之外，寺院佛塔數量眾多、建築宏偉可觀、四周環境幽深宜人，是最為主要的原因。而這又與帝王對佛教的提倡和寺院經濟的興盛有關。由於帝王的提倡，眾多佛寺在各階層信徒的布施下興建，梁武帝蕭衍親自敕建的寺院就有大愛敬寺、智度寺、新林寺、法王寺、光宅寺、仙窟寺、蕭帝寺、解脫寺、開善寺、勸善寺以及同泰寺等，杜牧詩曰：「南朝四百八十寺」，可見當時寺院佛塔之多。而寺院經濟的興盛，也使得佛寺能夠興建出宏偉的建築，營造出幽靜清雅的環境，形成特殊的佛教建築景觀，而這也增加了文人遊佛寺的興致。在如此處處皆有廟宇，山水必見佛寺的情形下，文人雅士在登覽山水時，勢必一遊坐落其間的佛寺幽境，進而興起對佛教理想境界的嚮往，及其對佛理的感悟，而山水景觀與佛理禪悟相結合的佳作，亦於焉產生。

從題材類型探析六朝詩歌，可知六朝詩歌中受到佛教語言、思想與意識滲透的篇什，其題材類型屬抒情系統的有〈隱逸詩〉、〈玄言詩〉、〈山水詩〉、〈愛情詩〉、〈友誼詩〉以及〈狹義詠懷詩〉等六類，而屬敘事系統的只有〈狹義敘事詩〉一類，除〈雜諺〉、〈雜謠〉外，僅寥寥一、二首詩。由此可見，宗教的確是深入眾多信徒的心靈，它不斷地以各種形態滲入社會文化和現實生活中，主宰著人們的思維和意識，表現於詩歌之中，就成為主題內容環繞著「情」為核心的抒情詩篇。

最後，透過分析六朝名家詩歌中的佛教蹤影，探得佛教在六朝文人詩歌中呈現的獨特風貌。中國文人對佛教的接受，不僅止於宗教信仰而已，他們重視佛教義理的探討，想從中尋求中國傳統思想學術對宇宙及人生問題所欠缺的解釋和討論。同時，中國文人對於外來的佛教思想，與自西漢起在中國學術思想中佔領導地位的儒家思想，這兩者之間的調和與融會，有著積極的推動作用。六朝時期，正是我國佛教中國化的重要歷程，也是儒、釋、道三教思想開始交融的主要時期。故擇其詩歌含有豐富佛教思想語言的詩人，針對其生平、與佛教因緣及詩歌中的佛教意象加以分析，使吾人探知佛教在當時的發展，深入各階層的狀況，及三教交融的情形。如謝靈運在其成長過程中，曾先後受到三教的洗禮和影響，他身在魏闕而心戀江湖，身在江湖則又心懸魏闕，他的思想常徘徊於用世的儒家與超世的道家、釋家之間。而在他的詩歌中，亦呈現出對世俗享樂的眷戀與對精神超脫的想望這種情感和理智上的衝突與矛盾。三教在其生命中，呈現的是一團複雜而無法理清的矛盾。至梁武帝蕭衍，一生兼修儒、釋、道三教，在其現實政治生活裡，實行三教並用的政策措施；在其思想行為上，亦未排斥儒、道，而是採兼容並蓄、三教合用的態度，表現出三教融合的色彩。從謝靈運的矛盾到蕭衍的融合兼蓄，可見佛教進入中國文人生命的進程，亦可見我國文人進而積極入世、退而悠然出世的獨特生活哲學的形成。

由上述六朝詩歌作品所展現的佛教多樣風貌，可知佛教在六朝確實已深入人們的思想與生活，並在詩歌中充分反映出佛教影響當代生活的真實風貌。

# 參考書目

（各部份均依作者姓名筆畫為序）

## 一、古籍部份

令狐德棻　《周書》　北京中華　一九九七年三月　一版六刷

玄奘譯　《般若波羅密多心經》（大正藏第八冊）　臺北新文豐　民國七十四年

玄奘譯　《攝大乘論》（大正藏第三十一冊）　臺北新文豐　民國七十四年

任繼愈　《老子新譯》　臺北谷風　民國七十六年九月

李百藥　《北齊書》　北京中華　一九九七年三月　一版六刷

李延壽　《南史》　北京中華　一九九七年三月　一版六刷

李延壽　《北史》　北京中華　一九九七年三月　一版六刷

求那跋陀羅譯　《雜阿含經》（大正藏第二冊）　臺北新文豐　民國七十四年

沈約　《宋書》　北京中華　一九九六年四月　一版六刷

何晏注／邢昺疏　《論語》　臺北藝文　民國七十年元月　八版
房玄齡等　《晉書》　北京中華　一九九六年四月　一版六刷
宗寶編　《六祖法寶壇經》（大正藏第四十八冊）　臺北新文豐　民國七十四年
法顯譯　《大般涅槃經》（大正藏第一冊）　臺北新文豐　民國七十四年
姚思廉　《梁書》　北京中華　一九九七年三月　一版六刷
姚思廉　《陳書》　北京中華　一九九七年三月　一版六刷
范曄　《後漢書》　北京中華　一九九六年四月　一版六刷
徐慧君、李定增校注　《文子要詮》　上海復旦大學　一九八八年七月　一版一刷
許嵩　《建康實錄》（景印文淵閣四庫全書第三七〇冊）　臺北商務　民國七十五年三月　初版
張溥　《漢魏六朝百三家集》　臺北新興　民國五十七年三月　新一版
郭慶藩輯　《莊子集釋》　臺北木鐸　民國七十二年九月　初版
陳慶元校箋　《沈約集校箋》　浙江古籍　一九九五年十二月　一版一刷
陳壽　《三國志》　北京中華　一九九六年四月　一版六刷
逯欽立　《先秦漢魏晉南北朝詩》　北京中華　一九九五年一月　一版三刷

楊伯峻集釋《列子集釋》　臺北華正　民國七十六年九月　初版
楊衒之《洛陽伽藍記》　臺北世界　民國六十三年　三版
道宣《廣弘明集》（大正藏第五十二冊）　臺北新文豐　民國七十四年
道宣《續高僧傳》（大正藏第五十冊）　臺北新文豐　民國七十四年
僧祐《弘明集》（大正藏第五十二冊）　臺北新文豐　民國七十四年
鳩摩羅什譯《大智度論》（大正藏第二十五冊）　臺北新文豐　民國七十四年
鳩摩羅什譯《妙法蓮華經》（大正藏第九冊）　臺北新文豐　民國七十四年
劉義慶撰／余嘉錫箋疏《世說新語箋疏》　臺北仁愛　民國七十三年十月
慧皎撰／湯用彤校注《高僧傳》　北京中華　一九九七年十月　一版三刷
蕭子顯《南齊書》　北京中華　一九九七年三月　一版六刷
魏收《魏書》　北京中華　一九九七年三月　一版六刷
魏徵《隋書》　北京中華　一九九七年三月　一版六刷
嚴可均校輯《全上古三代秦漢三國六朝文》　臺北世界　民國五十二年二月　二版

## 二、今著部份

方立天《中國佛教研究》（上下冊） 臺北新文豐 民國八十二年五月 臺一版
王先霈《佛語哲思》 湖北教育 一九九七年五月 一版一刷
王志平《帝王與佛教》 北京華文 一九九七年一月 一版一刷
王志敏、方珊《佛教與美學》 遼寧人民 一九八九年九月 一版一刷
王洪主編《中國禪詩鑒賞辭典》 北京中國人民大學 一九九二年六月 一版一刷
王敏華《中國詩禪研究》 廣西師範大學 一九九七年一月 一版一刷
王鍾陵《中國中古詩歌史》 江蘇教育 一九八八年五月 一版一刷
中國佛教協會編《中國佛教漫談》 江蘇古籍 一九九六年八月 一版三刷
古遠清《詩歌分類學》 高雄復文 民國八十年九月 初版
朱大渭《魏晉南北朝社會生活史》 北京中國社科 一九九八年八月 一版一刷
任繼愈主編《中國佛教史》（一～三卷） 北京中國社科 一九八五年六月
呂大吉《宗教學通論》 臺北博遠 民國八十二年四月 初版

呂子都《中國歷代僧詩精華》　上海東方　一九九六年十二月　一版一刷
呂澂等《佛教史略與宗派》　臺北木鐸　民國七十七年九月　初版
余英時《士與中國文化》　上海人民　一九八七年十二月　一版一刷
吳永猛《中國佛教經濟發展之研究》　臺北文津　民國六十四年十月　初版
吳功正《六朝美學史》　江蘇美術　一九九六年四月　一版二刷
吳焯《佛教東傳與中國佛教藝術》　臺北淑馨　民國八十四年元月　初版
李森南《山水詩人謝靈運》　臺北文史哲　民國七十八年七月　初版
李慶《中國文化中人的觀念》　上海學林　一九九六年九月　一版一刷
林文月《謝靈運》　臺北國家　民國七十一年五月　初版
周慶華《佛教與文學的系譜》　臺北里仁　民國八十八年九月　初版
佛光大辭典編修委員會《佛光大辭典》　高雄佛光　民國八十六年五月　初版九刷
洪順隆《六朝詩論》　臺北文津　民國七十四年三月　再版
洪順隆《由隱逸到宮體》　臺北文史哲　民國七十三年七月　文一版
洪順隆《抒情與敘事》　臺北黎明　民國八十七年十二月　初版
馬大品等編《中國佛道詩歌總彙》　臺北建宏　民國八十六年十二月　初版一刷

馬焯榮　《中西宗教與文學》　長沙岳麓　一九九一年十月　一版一刷
胡遂　《中國佛學與文學》　長沙岳麓　一九八八年四月　一版一刷
胡德懷　《齊梁文壇四蕭研究》　南京大學　一九九七年七月　一版一刷
孫昌武　《中國文學中的維摩與觀音》　北京高等教育　一九九六年　一版一刷
孫昌武　《佛教與中國文學》　臺北東華　民國七十八年十二月　初版
孫述圻　《六朝思想史》　南京　一九九二年十二月　一版一刷
孫廣德　《晉南北朝隋唐佛道爭論中之政治課題》　臺北中華　民國六十一年五月　初版
高文主編　《禪詩鑒賞辭典》　河南人民　一九九五年七月　一版一刷
高敏　《魏晉南北朝經濟史》（上下冊）　上海人民　一九九六年九月　一版一刷
海倫・加德納著／江先春、沈弘譯　《宗教與文學》　四川人民　一九九八年九月　二版五刷
野上俊靜等著／釋聖嚴譯　《中國佛教史概說》　臺北商務　民國八十二年十二月　二版一刷
許里和著／李四龍、裴勇等譯　《佛教征服中國》　江蘇人民　一九九八年三月　一版一刷

許抗生《魏晉玄學史》　陝西大學　一九八九年七月　一版一刷
黃鋼《詩的藝術》　新疆大學　一九九二年五月　一版一刷
郭朋《中國佛教思想史》（共三卷）　福建人民　一九九四年九月　一版一刷
郭紹林《唐代士大夫與佛教》　河南大學　一九八七年八月　一版一刷
張中行《佛教與中國文學》　安徽教育　一九八四年九月　一版一刷
張文勛《儒道佛美學思想探索》　北京中國社科　一九八八年九月　一版一刷
張伯偉《禪與詩學》　臺北弘智文化　民國八十四年一月　初版
張治江等《佛教文化》（共三冊）　臺北麗文文化　民國八十四年七月　初版
張亞新《漢魏六朝詩——走向頂峰之路》　廣西師範大學　一九九九年六月　一版一刷
張曼濤主編《佛教與中國文學》　臺北大乘　民國六十七年一月　初版
陳美足《南朝顏謝詩研究》　臺北文津　民國七十八年十二月　初版
陳洪《佛教與中國古典文學》　天津人民　一九八八年十二月　一版一刷
陳洪、胡中山《升霞與涅槃》　北京東方　一九九八年二月　一版一刷
湯用彤《漢魏兩晉南北朝佛教史》（上下冊）　臺北商務　民國八十年九月　臺二版
湯用彤《理學·佛學·玄學》　臺北淑馨　民國八十一年元月　初版

葉金《儒道玄佛與中國文學》 汕頭大學 一九九五年十月 一版一刷
煮雲法師《皇帝與和尚》 高雄佛光 民國八十年三月 三版
漢語大詞典編輯委員會《漢語大詞典》 上海漢語大詞典 一九九三年十一月 一版一刷
趙靖主編《中國經濟思想通史》(第二卷) 北京大學 一九九五年二月 一版一刷
趙樸初、任繼愈等《佛教與中國文化》 臺北萬卷樓 民國七十九年三月 初版
蔣述卓《山水美與宗教》 臺北稻禾 民國八十一年二月 初版
蔣述卓《佛經傳譯與中古文學思潮》 江西人民 一九九三年九月 一版二刷
劉振東《中國儒學史——魏晉南北朝卷》 廣東教育 一九九八年六月 一版一刷
劉精誠《魏孝文帝傳》 天津人民 一九九三年十二月 一版一刷
賴永海《佛道詩禪》 高雄佛光 民國八十一年三月 初版
謝重光、白文固《中國僧官制度史》 青海人民 一九九〇年八月 一版一刷
謝重光《漢唐佛教社會史論》 臺北國際文化 民國七十九年五月 初版
鎌田茂雄著/關世謙譯《中國佛教通史》(一~四卷) 高雄佛光 民國七十四年九月
顏尚文《梁武帝》 臺北東大 民國八十八年十月 初版

羅宏曾《魏晉南北朝文化史》 四川人民 一九八八年 一版一刷
藍吉富《隋代佛教史述論》 臺北商務 民國八十二年十月 二版一刷
韓國磐《南北朝經濟史略》 廈門大學 一九九〇年十月 一版一刷
龔顯宗《論梁陳四帝詩》 高雄復文 民國八十四年九月 初版一刷

## 三、學位論文

王志楣《從弘明集看佛教中國化》 臺北政治大學中研所博士論文 民國八十五年五月
呂光華《南朝貴遊文學集團研究》 臺北政治大學中研所博士論文 民國七十九年五月
林文月《謝靈運及其詩》 臺灣大學中研所碩士論文 民國六十四年六月
姜佩君《老子化胡經研究》 臺北中國文化大學中研所碩士論文 民國八十二年六月
張振華《六朝神滅神不滅問題之論爭》 臺灣大學中研所碩士論文 民國七十三年六月
張森富《六朝文學與思想心靈境界之研究》 臺北政治大學中研所博士論文 民國八十二年六月
黎金剛《唐代詩歌與佛家思想》 臺灣師範大學國研所博士論文 民國六十九年六月

劉漢初　《蕭統兄弟的文學集團》　臺灣大學中研所碩士論文　民國六十五年六月
薛惠琪　《六朝佛教志怪小說研究》　臺北中國文化大學中研所碩士論文　民國八十二年六月
羅文玲　《南朝詩歌與佛教關係之研究》　臺中東海大學中研所碩士論文　民國八十五年六月

## 四、單篇論文

孔繁　〈從《世說新語》看名僧和名士相交遊〉　北京《世界宗教研究》　一九八四年第四期
王曉毅　〈西晉玄學與佛教的互動〉　臺北《中國文哲研究集刊》　民國八十五年九月第九期
石萬壽　〈隋唐以前佛教的傳播與華化運動——佛教中國化研究之一〉　臺北《人文學報》　民國七十二年六月　第八期
谷方　〈佛教與魏晉南北朝時期的封建政治〉　河南《中州學刊》　一九八五年第五期

何茲全〈佛教經律關於寺院財產的規定〉　北京《中國史研究》　一九八二年第二期
洪修平〈也談兩晉時代的玄佛合流問題〉　北京《中國哲學史研究》　一九八七年第二期
洪順隆〈梁武帝蕭衍作品的宗教風貌〉　臺北《國立編譯館館刊》　民國八十六年十二月第二十六卷第二期）
洪順隆〈漢魏六朝文學叢考〉《瑞安林景伊教授八十冥誕紀念論文集》　臺北文史哲　民國八十二年十二月　初版
洪順隆〈初唐賦中的三教思想風貌〉　臺北《華岡文科學報》　民國八十七年三月二十二期
洪順隆〈梁武帝作品中的儒佛會通論〉　發表於華梵大學哲學系主辦「儒佛會通學術討論會」
洪順隆〈論六朝祖餞詩群對文類學原理的背離〉《第三屆魏晉南北朝文學國際學術研討會論文集》　臺北文史哲　民國八十七年八月
洪順隆〈六朝贈答詩對文類學原理的背離〉　發表於中國文化大學文學院主辦之「魏晉南北朝國際學術討論會」

唐玉田〈佛教初傳與中國佛教的建立〉吉林《史學集刊》一九九四年第一期
馬積高〈論宮體與佛教〉長沙《求索》一九九〇年第六期
郝春文〈東晉南北朝時期的佛教結社〉北京《歷史研究》一九九二年第一期
陳士強〈中國早期佛教形神論與其他形神論之比較研究〉北京《中國哲學史研究》一九八四年第十期
張弓〈中國中古時期寺院地主的非自主發展〉北京《世界宗教研究》一九九〇年第三期
張弓〈南北朝隋唐寺院觀戶階層述略〉北京《中國史研究》一九八四年第二期
張碧波、呂世緯〈中國古代文學家近佛原因初探〉吉林《東北師範大學學報》一九八八年第三期
許抗生〈南朝佛教論中印文化之同異——析齊梁佛道兩教的夏夷之辯〉北京《世界宗教研究》一九九六年第二期
葉瑛〈謝靈運文學〉臺北《學衡》民國十三年九月第三十三期
彭耀、李成棟〈中國封建社會中宗教與王權政治的關係〉北京《世界宗教研究》一九九三年第三期

業露華〈北魏的僧祇戶與佛圖戶〉北京《世界宗教研究》一九八一年第三期
劉見成〈形神與生死——魏晉南北朝時期的形神之爭〉臺北《中國文化月刊》一九九七年七月第二〇八期
劉苹〈論漢晉時期的佛教〉北京《中國史研究》一九九四年第二期
劉靜夫〈魏晉南北朝士大夫精神生活述論〉北京《中國史研究》一九九四年第三期
蔣述卓〈南朝崇佛文學略論〉《魏晉南北朝文學論文集》臺北文史哲 民國八十三年十一月 初版
蔣述卓〈齊梁浮艷雕繪文風與佛教〉上海《華東師範大學學報》一九八八年第一期
賴永海〈簡論中國佛教的佛性學說與因果觀〉北京《中國哲學史研究》一九八八年第四期
簡修煒、莊輝明〈北朝寺院地主經濟的發展及其特點〉大同《北朝研究》一九八九年一月創刊號
蘇淵雷〈論佛學在中國的演變及其對社會文化各方面的深刻影響〉上海《華東師範大學學報》（哲學社會科學版）一九八三年第四—六期

國家圖書館出版品預行編目資料

六朝詩歌中之佛教風貌研究／王延蕙著. –初版.-- 臺北市：萬卷樓, 民 92
面；　　公分
參考書目：面
ISBN 957-739-442-6(平裝)
1 中國詩—歷史－六朝(222-588) 2.中國詩－評論 3.佛教－中國－六朝(222-588)
820.91027　　92006366

# 六朝詩歌中之佛教風貌研究

著　　者　王延蕙
發 行 人　楊愛民
出 版 者　萬卷樓圖書股份有限公司
地址：臺北市羅斯福路二段 41 號 6 樓之 3
電話：(02)23216565．23952992
傳真：(02)23944113
劃撥帳號：15624015 萬卷樓圖書股份有限公司
網址：http://www.wanjuan.com.tw
E-mail：wanjuan@tpts5.seed.net.tw
出版登記證　新聞局局版臺業字第 5655 號
總 經 銷　紅螞蟻圖書有限公司
地址：臺北市內湖區舊宗路二段 121 巷 28 號 4F
電話：(02)27953656(代表號)
傳真：(02)27954100
E-mail：red0511@ms51.hinet.net
承印廠商　晟齊實業有限公司
定　　價　280 元
出版日期　民國 92 年 5 月初版



ISBN 957－739－442－6